JN066047

「……我らダークエルフ、この身を含め、
我が一族は、千年の呪縛により滅びの危機に瀕しております。
この呪縛を解ける人を長年探し続けておりました。
そして、今宵我らはついにあなたを見つけたのです」

Sランクパーティから解雇された

【呪具師】3

～『呪いのアイテム』しか作れませんが、その性能はアーティファクト級なり……！～

ギムリー
冒険者ギルドの
主であるダークエルフ。
一族の悲願を
叶えるため、
天才呪具師ゲイルの
手を取る。
モーラ
王都でも有数の
支援術士の美少女。
無自覚天才なゲイルを
放っておけない
優しい性格。

ダークエルフの里を目指して
海路を行く！
シャリナ
鍛冶ギルドの
主であるドワーフ。
ダークエルフの里で採れる
鉱石を目当てに、
前衛役として旅に参加する。
ゲイル
ついに呪具屋を開店させた
無自覚天才呪具師。
ダークエルフの里にある
魔王シリーズという強力な
呪具を求めてギムリーの
願いを聞くことに。

旅の途中、温泉で一休み
「ちょ、な、なによ?」
「おうおう、モの字ぃぃ、見せつけてくれとるのぉ」

Sランクパーティから解雇された【呪具師】

～『呪いのアイテム』しか作れませんが、その性能はアーティファクト級なり……！～

著 LA軍　画 西ノ田　キャラクター原案 小川錦

口絵・本文イラスト　西ノ田
キャラクター原案　小川錦

CONTENTS

S Rank party kara kaiko sareta [jugushi]

プロローグ「みんな自己中」

S Rank party
kara kaiko sareta
[jugushi]

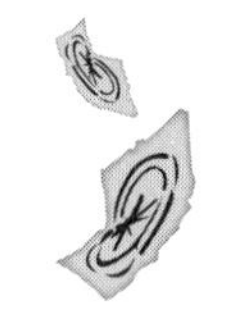

月光も差さぬ暗夜。

帝都にそびえたつ尖塔の一つにて――……。

片膝をつく暗殺装束の黒子を見下ろし、小刻みに震える青年が一人。

その手には簡素な書状が握りしめられており……。

『――拝啓、帝国のバカ皇子どの。

　この度、一身上の都合により、勝手ながら退職させていただきます　まる』

「…………まる」

……まる？

「まる…………まるって、」

ぷるぷるぷるぷる
「あ、あの……？」

書状を携えてきた暗殺チームの一員は、片膝をついたまま皇子の顔色が優れないことに気づいて恐る恐る声をかけるが――、

「ま」

ま、ま、

「まるじゃねぇぇえええええーーーーーーーーーーーー!!」

パッコーーーコォォオオン！

羊皮紙と蝋で厳重に包まれていた包装紙を力の限り投げつけると、残ったペラペラの手紙をぶんぶん振り回し、拝啓帝国のバカ皇子こと第一皇子が天をも裂けよとばかりに叫ぶ！

「ひ、ひぃ?!」

あまりの権幕に暗殺者がひっくり返るが、そんなことは知ったことかとばかりに吠える皇子。

「あのボケがぁぁぁぁあああ!!　つーか、誰がバカ皇子じゃぁぁぁぁあああ!!」

ぬがぁぁぁぁあああ!!　ぬがぁぁぁぁああああああああああ!!

「ぬっがあぁぁぁぁぁああああああああああああああ!!」

ビリビリビリ!!　怒りに任せてリズネットからの手紙ならぬ『退職願』を細かく破り捨てて暗殺者にぶちまける!!

「も、もも、もうしわけございませんんんん!?」

「こ、こ、こ、このクソボケ!!　申し訳ございませんで済むか!!　こ、こんな報告があるか!!　お、お、お、俺はなぁぁぁあああっ」

はぁはぁはぁ！　肩で息をする皇子。呼吸が荒くなるほどの怒りだ！

「俺はなぁぁあ、帝国の秘宝にまで手を出して奴を送り出したんだぞ!!　それがなんだ?!　アーティファクト製作者を拉致するでも、暗殺するでもなく――」

――退職ぅぅぅううう?!　退職ってなんだよ、ボケぇぇぇえええ!!
なんか知らんがリズネットの奴、どっかの田舎（いなか）で再建したらしいお店の前でダブルピースを決めている可愛い（かわい）イラストまで送ってきやがった!!　なんやねん、「私、呪具屋に永久就職します！」って、可愛くねーわ、ボケぇぇぇえええ!!

「退職どころか、暗殺者に転職とかねーから!!」

つーか、あれはどうした!!

「おい!!　転職とかクソどうでもいいが、奴は……。いや、奴に貸与（たいよ）していた『魔王（まおう）の心臓』はどうしたぁっぁあああ！」

「ひへ?!　あ、それでしたら――こっちの便箋（びんせん）のほうに」

は？

「え～っと、これです」

退職願の便箋に追記。

「追記だぁあ!?　さっさとだせ、ボケが!!」

いや、むしろ一枚にまとめろやと言いたかったのだが、言うべきリズネットはどっかに再就職――って、これはぁぁぁあ?!

『P.S.
「魔王の心臓（1／6）」は退職金代わりにいただきます。……てへぺろー』

「ぴ、ぴーえす……」

た、退……職金？

え？　帝国の秘宝を……？

「そ、そんでもって、てへぺろー」

「は、はい。てへぺろー……ですね」

にこ

暗殺者の全然笑ってない笑顔。顔面蒼白、膝ガクガク……。

「ほ、ほほぉー……。帝国の秘宝をね」

「あ、あはは。そ、そのようで……」

そんでもって、冷や汗ダーラダラ。

「……え？　アイツ、暗殺者だよね？　つーか、お前らのリーダー……っていうか、マスターだよね？……え？」

「あ、はい。帝国一の暗殺ギルドのマスターでして……いや、でした？　かな」

今はね。……もう、いないしね。

「え？　た、退職金とかあったっけ？　あ、暗殺者に⁉」

「い、いやー。ど、どうでしたっけ？　う、ウチはその労働基準とか、ゴニョゴニョ」

……いやいや。そもそも、退職ってなんやねん。……退職『願』っていう時点でまだＯＫ出してないからね？　俺。

「……つーか、さ。てへぺろーって――」

『てへ、ぺろー』

リズネットの全く可愛くないお茶目スマイル（？）を無意識に幻視してしまった皇子。

あの無愛想な小娘が「てへぺろー」……………………。

「てへ、ぺろー……？」

「あ、はい。てへぺろー（笑）」

へ、へー。

申し訳ありませんの一言もなく。

次こそ成功してみせますの意気込みもなく。

命をもって責任を果たすとかそーいう、気概もなく。

てへぺろー……………………ねぇ。

ニコ。

皇子様の綺麗な笑顔。思わず、暗殺者もニッコリしちゃう。……だって、アサシンですもの。

「はははははは」

「へ……へへへ」

ふはははははは！

えへへのえへへへへ！

「ふ、ふ、ふ……」

わなわなわなわなわなわな……。

「ふざけんじゃねーーーーーーー、あのクソビッチがぁぁぁぁぁああああああああああ――――」

※　※　※

「――あぁぁッシュ・ビルボアぁぁぁぁあああああああああ！」

ドッカァッァァアアアアン!!

「ひぇっえええええ！」

どこかの帝国の城で、第一皇子が雷を落としているのと同時に、

ここ王城でも同じ顔をして、雷を落としているのはカーラ姫――。

「「「ご、ご、ご、ごめんなさーい！」」」

その前で平身低頭してボッロボロの恰好で床に転がされているのは、『新生・牙狼の群れ』カッシュ・ビルボアと三人の愉快な仲間たち。

カーラのあまりの怒りのでかさに、絶賛、全員腰を抜かしているところだ。

しかし、それでも食い下がるのはさすがはリーダーのカッシュ――。

「で、で、で、でも、その――――！　や、奴はあの町で無茶苦茶なことしてやがって！」

そして、

「そ、そーそー！　しかも、昔の仲間の女支援術師とグルになってよー！」

「だ、だけど、一矢報いましたよ！　その、連行には失敗しましたが、奴の店を燃やしてやりましたよぉぉお」

「ぎゃははは！　そうそう、あれは傑作――」

３バカのメリッサ、ノーリス、ルークが追従するも。

だーかーらぁぁぁぁあああ!!

「何やってんのよアンタたちぃぃぃいいいいい!!　つーか、誰が店燃やしてこいつったよぉぉお………って、女支援術師？」

「いや、拾うとこそこじゃないでしょうが――」

護衛の女騎士ビビアンの的確なツッコミもサラッと無視して、

「お、女ぁぁ?!　お、おお、お、女ってど、どういうことよ！」

いや、キョドりすぎ。

「いまさっき、昔の仲間っていうてましたやん」

「うるッさいわねー！　こいつらに聞いてんの!!」「はいはい……」

雑ぅ!!

「もう！　チャチャ入れないでよ」

「いや、話進まないので――で、貴様ら、何を勘違いしている？　いつ、どこで、誰が奴の店を燃やしてこいと言った？」

ジロリとにらむビビアンの眼光にすら縮みあがるカッシュたち。

ブルブル震える３バカたちは、もはやカッシュの背後に隠れているし……。

「で、ですが！　その――奴は俺たちを殴ったんですよ!?　ひ、姫殿下の代理人たる俺たちをぉ！　し、しかも、モーラだけでなく、なんか女の鍛冶師までけしかけて――」

「お、おおお、女鍛冶師ぃぃいいい?!」

「いや、うっさいうっさい……黙っててください」

いちいち女の影にピーピーとやかましいカーラを黙らせつつ、

「……って、黙らせてんじゃないわよ！　私、王女！　お姫様！　ドゥユーアンダスタン?!」

「あーはいはい」

だから、雑ぅ!!

「もう！　とにかく、こいつらにはなんか罰を与えといてねッ！」

「「「へ？　なんで？」」」

ずるッ！

「いや、むしろなんでわかんないのよ?!　なにをもって罰されないと思ってんのよ！」

「こいつら、アホですからね――。おい、よく聞け？　4バカども」

「「「4バカぁぁあ?!」」」

お前らも拾うとこ、そこじゃねーだろ……。まとめてバカって呼ぶぞ、ごらぁ！

「――どうせ気づいていなかっただろうが、お前らには監視をつけていた。……一部始終を知っているぞ？　貴様ら、何を勘違いしたか知らんが、平民とはいえ、一個人の店舗に火を放ち、あまつさえ街中で抜刀するわ、衆目の中で斬りかかるわ、おまけに散々経費とか称して姫の名前で王都の店でツケをしまくっただろ」

「「「ギクぅ」」」

……いや、なんでギクぅやねん。

王都でやらかしといて、なんでバレないと思ってるんだよ。

「まぁ、ツケのことは別にして。……貴様らには幸いなことに、詳しい事情はわからぬが、なぜか農業都市の方からの被害届は出ていないらしい。……なので、実質貴様らの罪は、ほぼないと言っていい――」

「え？　ないの？　ゲイル様に乱暴働いたのよ？」

「それはどうでもいいんですが――……向こうの有力者のほうで、どうも大事にしたくないとか言ってましてな」

それを聞いて、みるからに「ほー……」と安どのため息をつくカッシュたち。

まぁ、そう甘くはないんだけど――。

「ぶー……そんじゃコイツら、無罪放免？……って。『どうでもいい』っていったか、こら？」

ニコッ

「いや、笑ってごまかさない！……まぁいいわ、で？」

「ええ、『ほぼ』ないだけです。ま、重労働は確実ですね――。というわけで、それが嫌なら、おい貴様ら。……金貨355枚と、とんで銀貨97枚、耳をそろえて払ってもらおうか」

「へは？……き、金貨3……55枚？」

「「と、とんで銀貨97枚??」」

ほっとしたのもつかの間、「え？　何の話」とばかりに硬直する四人――。

そこに、

「とぼけるなよ――カッシュ・ビルボア」

ビシィ！　と突き付けたそれ。

「「「は？　なにこれ……せ、請求……書ぉぉお?!」」」

え？　え？　なにそれ？

「ふん。見てわからんか？　銀狼亭での宿代に飲食代。高級レストランでディナー三昧。あとは、なんだ、この装備品各種ってのは、貴様ら買った装備はどうした？――これらは全部国庫から立て替えておいたが、貴様らに支払ってもらうからな」

「え、」

「「「ええええええええええええええええ！」」」

いや、なんで「えええ！」やねん。こっちが「えええ！」やわ。

「……ま、もちろん、払えないことも知っているぞ。報酬はとっくに使い果たしたみたいだし、貯金もないようだ」

「ちょ、ちょょっと待てよ！　あれは経費だろ?!」

食い下がるカッシュだったが、

「ああん?!　どこに経費が出ると書いてある！　どこに!!」

パンパン!!

当初結んだ『捜索協力』の依頼の控えを片手ではたくビビアン。

……もちろん、その依頼の控えには一言も経費なんて載っていない。

「そもそも貴様ら、経費も何も、一枚の領収書も切っとらんだろうが!!　勝手に姫や王国府の名前を出して好き勝手しおってからに!!」

「だ、だってぇ」

「だっても、そっても、カーラもあるかぁ！」

言い訳無用!!

「おい、連れていけ――」

「「は！」」

ガシャッ!!

「ちょ……ちょ、ちょちょぉぉお?!」

ビビアンが指を弾くとどこからともなく現れ、カッシュたちを無理やり立たせる近衛兵たち。

「キャー！　ど、どこさわってんのよ！」

「触るもんないでしょうが――って、ひぃいい?!」

「そーそー。むしろ触ってもらってよかったじゃん――って、おぉぉおい？」

「アンタらぁぁああ！」

ぎゃーぎゃー大騒ぎするカッシュたちに、うんざり顔のビビアン。

「……ふん。払えないなら体で払ってもらうまで――もっとも、貴様らの素行の悪さを聞いて、

「どこも雇ってくれるところはなかったがな――」

ぺっ。

吐き捨てるように言うビビアンに向かって、

「「「そ、そんなぁ?!」」」

俺たちSランクだぞ！　って顔に書いているが――……もはやそんな肩書クソの役にも立たないのは明白。

「何がSランクだ。詐欺ランクの間違いじゃないのか？……まぁ安心しろ。今回は特別な計らいで、貴様らの借金については、優しい優しい王国府の担当者がいうにはなぁ。……なんと、無利子でいいそうだ。さらに言うとだ、」

ニヤァ
「うわ、あんたのその顔――」「うっさい」

ドン引きするカーラに突っ込みつつ、

「ちゃ～～んと、労働先は探しておいてやったぞ。……何と聞いて驚け？　教会が喜んで引き受けてくださるそうだぞ？　色々無償の仕事がた～～っぷりとあるらしいからなぁ」

ヒッヒッヒ。

悪～い笑顔にスススと距離を取るカーラ姫。

実際、教会のボランティアほど過酷なものはないだろう。

なにせ、墓掘りに宿舎の清掃。貧困層への炊き出しなど教会の仕事は無数にある。

……もちろん、無償だ。

「ちょ、きょ、教会って、」

「え？　無報酬ってそんな……」

「それって実質――」

ニコッ
「無期懲役じゃないですかぁぁぁああああああああああ!!」

カッシュ、メリッサ、ルーク。そしてノーリスが見事に自分たちの境遇を語って嘆いたところで、近衛兵たちに引きずられていずこかへ――。

「と、言ったところが落としどころでしょうか？」

「ぶー。生皮剥ぐとかしないのぉ？」

「こえーよ、クソガキ」

「ぶー……。ゲイル様のためにも――――って、クソガキ？」

「ニコッ」

いや、全然、笑ってごまかせてないから。

っていうか、口でニコッとか言うなし！

「あーもー！　いいわよッ。面倒だしね――それよりも、連中とんでもないことしでかしてくれたけど……一個だけいいこともあったから、命は助けてあげるわ」

「ほう？　その心は――」

ふふん。

不敵に笑い、窓をカラリとあけ放つと、遠い青空に視線をむける。

そして、日差しに手をかざし……。

「そう。農業都市ファームエッジね──」

ギュッ。

視線の先にゲイルがいるとでも言わんばかりに、かざした手を握ってその幻影(げんえい)を掴(つか)むと、クルリと振り向いていった。

「──ちょうど、視察先を決めかねていたの。……ビビアン、お父様に連絡(れんらく)して頂戴(ちょうだい)」

……え？

「ま、まさか──」

ふふん、そのまさかよ。

いたずらっぽく笑うカーラ姫──。

ニッ。

「……そろそろ、農業政策にも力をいれなきゃね、って」

第1話「ゲイル勧誘される」

S Rank party
kara kaiko sareta
[jugushi]

パタパタパタ！

軽快な足音が店内に響く。

かなりの重量物を動かしているにもかかわらず、全くぶれない体幹。

「ゲイル様ー♪　ゲイル様ぁぁあー♪」

そこにかぶさるように、ネコナデ声がしてゲイルは気のない返事。

「ん～……」

パタパタパタ!!

「ゲ・イ・ル・様ぁ♪」

「んん～なに？」

まったく顔を上げないで作業台の上に足を投げ出した行儀の悪い姿勢で一心不乱に作業中のゲイル。

「これぇ！　どこおきますか？」

「んー……どこか、そのへんに置いといて」

はーい♪

ゲイルの生返事にも全くぶれない少女の声。いっそ、ますます店の中でパタパタと走り回る。

「じゃーゲイル様ぁ♪　これはどこに⁇」

「んー……リズの好きなとこでいいよー」

ピタ！

「いいんですか♪」

「うん――……ってなに？　邪魔なんだけど⁇」

ドンッ！　とゲイルが組んでいる足の上に、新作『水枯れぬ骨壺』が置かれて同時にリズネットもそこにちょこんと腰掛ける。

「好きなとこに置けって言われましたので――ゲイル様の上に置きました」

「ん……。普通に邪魔――あと、ゲイルでいいよ。『様』はいらないから」

「はい！　ゲイル様！」

うん。聞いてないよね、君。

膝の上にのっかったリズネットを適当にどかしたゲイルは、ついに立ち上がる‼

「…………よし！」

じゃーーーんっ‼

「で～きたぁっぁあああああ！」

ぱぱーん♪

どこからともなく、ゲイルの脳裏にファンファーレが流れ、ニヤリと笑うゲイルが天も高らかに掲げるそれ――!!

――はっはっは！

「『笑うしゃれこうべ』～～♪」

「わー、ぱちぱちぱち!!」

いえいいえぃ！

ほめたたえるリズネットの拍手に合わせて、ピースサインを虚空に決めるゲイル。

いや～長かった――。これ作るのに、丸一日かかっちゃったよー。

パッコーーーーーン!!

「できたー！　じゃないわよ!!　さっきから呼んでるでしょ～!!」

「ほわっぁぁあああ?!　誰ぇぇえ?!……って、モーラぁぁあ?」

完成したばかりのしゃれこうべの綺麗な頭を、スパーンと叩くお手てが一つ――農業都市一番の支援術師のモーラだ。

「――『ほわっぁぁあああ、モーラぁぁあ?』じゃないわよ!!　さっきから何回呼んでると思ってるのよ！」

「え?　そうなん?……あれ、でも、ずっとリズがいたよね?」

ゲイルも熱中していたことは認めるけど、そのための店員……。

「がるるる……」

「リズ……あーこの子?……いるっちゃ、いるけど、店に入ってから、この子ずっと威嚇してくるんだけど?」

うー、がるるるる!

「……リズ? 俺、番犬を雇った覚えはないんだけど――」

「さーせん!!」

シュバ!!

「はやッ!! 土下座、はやぁぁ!」

「あーもー……そういうのいいから、お茶だして。一番安いのでいいから、」

「はーい!」

「……聞こえてるわよ」

だって、客じゃねーし。

「客だったらどーすんのよ!」

「買うの?」

買わないけどぉぉお!!

シュババッ!! とものすっごい速度で奥のキッチンに駆け込んでいくリズネットを見送り小さくため息をつくゲイル。

「はぁ。いい子なんだけど、ちょっと接客態度がねー」

「アンタが言えた口じゃないでしょ」

うるさいなー。

呪具制作者と店主兼ねてるんだからしょうがないだろー、と口をとがらせるゲイル。

「だったら、もうちょっと店員の接客態度なんとかしなさいよ！　あの子、女の子が近づく度に威嚇してたわよ？」

え？　そうなん？

「そうよ!!　もう――ちゃんと接客しないと店潰れるわよ」

「いきなり不穏なこと言うなよー。だから、これ作ったんだろ？　リズがいないときでも、お客さんが来たのわかるように――」

じゃん！

「はい、『笑うしゃれこうべ』～♪　先日入手した黒い骸骨マントの頭蓋骨を使ってみました～。笑い声が素敵な髑髏です！」

にやり。キラーン♪（注：カメラ目線）

「……しばくわよ？」

「なんとこちら、ドアのとこにつければ、開くたびに笑い声で教えてくれま～す！」

ケタケタケタケタケタ♪

「これで、お客さんもニッコリ楽しい気分。そして、俺もお客さんと笑顔の接客ができて一石二鳥ならぬ三鳥でーす！」

――いや、聞けよ。

「わーぱちぱちぱち！　さすがゲイル様ぁ♪」

やんや、やんや！

お茶を汲み終わったリズネットが早速ゲイルを褒めたたえる。豚もおだてりゃ木に登る——。

「はい、ゲイル様——高級緑茶です」ことり
「ありがと」

ずずー。

「おらぁ、茶ぁッ」ダンッ
「つめた！」

びっちょり……。

「じゃ、これさっそくつけてきますねー」

お盆と、ケタケタと笑う髑髏を小脇に抱えて表に向かうリズネット。

「うんうん、いい子だね。リズ」

「…………って、何、この接客ぅぅう！」

びっしょびしょやんけ!!

「おーい！　ゲイル、アンタぁぁあ！　色々ツッコミどころ多くて、どこからツッコんでいいいか、わッかんないわよ!!」

「へへ、気に入った？」

パコーン！

「いッだぁ?!　な、なんでぇ？」

「今の、どこに気に入る要素あるのよ！」

店員？　茶ぁ？　それとも、笑う骸骨かぁぁぁあああ?!

「えー、よくあるやつでしょ？」

「ないわよ!!　アンタの店に来るまではぁぁ！」

もう!!

ドカッ！　フンスと鼻息荒く、作業台に腰掛けるモーラ。……いや、見ての通り、そこ、作業台なんだけど――店主たるゲイルが腰掛けるならともかく、客じゃない人はちょっと……。

「客じゃなくて、悪いぃぃいいい?!――で、なに？…………………まさか、呪具？」

いや、悪いよ。あと、なんで、そこを疑わし気に聞くねん。

――呪具屋やろがい！

「だって、モーラってウチでなんか買ったことないじゃん？」

「いらないわよ！　アタシに呪具が必要に見える？」

支援術師モーラ。バフとデバフの使い手――……うん、呪具いらないね。

「じゃーなにしに――あ、まさかインテリア!?」

なんでそうなんねん……。

「あるよ。めっちゃあるよー！　見てぇ、このラインナップ――」

推すな、推すな！

一個もいらねー！

「いらないからぁぁあ！」

「まぁまぁまぁ、みてってよー！」

「いらないってばぁぁぁ！」

もー！

「じゃじゃーん!!」

「あーもー！　鼻歌交じりで紹介はじめたしー！」

モーラの肩を抱いて気安いゲイル。……この天然っぷりには感服する。

「さーて、お立合い。まずは表から!!……お店に入る前も、入ってからも、一番に目の付きますのは、こちら!!　そう、ショーウィンドウに飾られた自慢の『魔王の心臓（１／６）』が、ドーンと正面を飾り、雰囲気抜群でーす！」

ばばん!!

「そして、夜間はライトアップされる鬼火付きの看板に――」

なんということでしょう～。

「なんてことよ……」

がっくりうなだれたモーラ。だが聞かぬ！　ゲイルは媚びぬ詫びぬ、我が道を行く！

「――店内には、まるで本物と見まがうほどのダークボーンスケルトンの全身マネキンに、墓所産ゾンビの等身大フィギュア！」

あうぅ……。

「それ、ホントにフィギュア？」

『あうぅ……』ゆーとんで⁇

……そしてえ、

「彼らに持たせるのは、戦士垂涎のアイテム、呪われた両手剣シリーズぅぅうう！」

そうッ。おなじみ、ザ・ディバイドのほか。

「じゃーん♪　新作がこちら‼　カッシュが置き忘れていった、ピカピカの大剣に付呪を施し、さらに採れたてアンデッドの素材をふんだんに使ったこれ――」

ババーン‼

「自慢の一品！」

旧療養院から産出したアニマルゾンビの髄液でコーティングし、いつもの黒いマントの骸骨の遺灰を使って焼きを入れた大剣！

命中率抜群、自動追尾付きかつ、斬撃力３００％上昇――

その名も――……！

「ザ・フォールアウトぉぉおお！」

ぬぅぉぉぉぉおおおおん‼

　ぬぉぉぉおおおおおおおん‼

――作るのに、３日かかりました～♪

「……もちろん呪われています」

キリリッ。

視聴者の方を向いてどや顔を――。

ぱっこーーーーーーん!!

「いっだぁあああ?!」

「だ、か、ら、そーいうとこよ!!」

あーもー!!

「ニーズぅぅぅう！　いつも言ってるけどニーズぅぅぅぅう!!」

それらのどこにニーズあんのよ！

「……ニーズぅ、そんなもん、唸るほどあるわーい！」

「ないから、売れてないんでしょうがぁっぁあ！」

うるッさいよ、モーラ?!

何?!　そもそも何しに来たの?!

「アンタが全然冒険者ギルドに顔出さないからでしょ！」

「え？　いや、店忙しいし……」

冒険者兼務とはいってもねー。素材採取くらいにはいくけど――その、ゴニョゴニョ。

「あーもー！」

なんか知らないけど、唸るモーラ。客じゃなさそうだけど、せっかくモーラが来てくれたので、あまり無下にもできない。

なんだかんだで、この街で一番付き合いが長いのが彼女だしねー。

たまにクエストにも付き合ってくれるし……。

「はぁ……お店が忙しいのはわかるけどぉ――」

チラっ
「……今の意味深な目はなんだよッ」

客いないってか⁉　いないけどぉぉぉお！

「――別にぃ。……ただ、アンタも一応冒険者なんだから、クエストついでに、もっと人の話聞いたりして、街の人や冒険者のニーズ掴みなさいよ――」

もー……と、小さく膨れるモーラ。

「……はい、これ。農場の端でゴブリンが出始めてるみたいよ？――設置型呪具とかあったら売れると思うわ」

そんでもって、なんやかんやで色々とアドバイスしてくれる。

「お？　そうなの？　センキュ！　助かるよ！」

マジ、感謝！

地図に注記までしてくれたモーラにお礼を――。

「え、あ、うん……」

ん？

「顔真っ赤だぞ？」

「うるっさい！」

なんなん？　ま、いいや。顧客情報は助かるたすかるねー。

……お店に入る人はほぼいないけど、表の棚のは結構売れてるんだ、へへへ。

「……それ、露店と変わんないじゃない」

「うるさいなー」

店があるってのが重要なの！

「……だったら、あのドアベルの横の骸骨はやめときなさいよ！」

カランカラ～ン♪

　ゲータゲタゲタゲタゲタ♪

「おーいいじゃん」

入口のドアベルに併設した笑うしゃれこうべ。

「いくないわよ!!」

「……えへへ」

「褒めてないわよ!!」

一個も褒める要素ないわよ!!

「もう、いいわよ!!　一生、呪具屋やってなさい!!」

ばーか!!　そう言い残すと、再びバーン！　と、騒々しく帰っていくモーラ。

カランカラ～ン♪

ゲータゲタゲタ♪

「んー……言われなくとも、そのつもりなんだけど」

のっしのっしと帰っていくモーラを見送りながら、言われた通り設置型呪具の在庫を確認するゲイルなのであった――。

※　※　※

「ほんッと、モーラってば、いつ来ても元気だなぁ」

ポリポリ。

「……ゲイル様は、乙女心をちょっとは勉強した方がいいんじゃないです？――あ、塩撒いときます？　あの女除けに」

「うん。塩は君に撒いといて」

……っていうかさっ。次からはもちっと愛想よく接客してよ、リズネット？

まぁ、モーラは客じゃないけど――。

「あ……。でも、モーラが来たってことは、そろそろ閉店時間かな？」

モーラは冒険者ギルドで近隣の依頼をこなした後、宿に帰る前に店に寄っていく。

つまり――そろそろこの辺のお店はこれから閉店タイムというわけだ。モーラに言ったら、「人を時報代わりにしてんじゃないわよぉぉお！」という姿が容易に想像がつく。

ま、

「リズ、今日はもうあがっていいよ？　あとは店閉めるだけだし。あと『様』いらないからね？」

「かしこまりー！　ゲイル様!!」

てへぺろー。

敬礼して、掃除道具を片付けるリズネット――――……なんだろう、そこはかとなくイラッとくるのは……。

「……ん。それはそうと、なにをシレッと、人の住居スペースに行こうとしているの？」

「え？　先にベッド温めようかと――」

うん。理屈がわからんし。

「ちゃんと、自分の下宿に帰ってね？」

あと、いそいそとメイド服とパンツ脱がないの。マジでクビにするよ？

「――ごめんなさい」

素早い土下座。

うんうん、素直なのはいいけど、ただでさえ布面積の少ない際どいメイド服。これしか着るものがないというから認めてるけど、知らない人に見られたら絶対誤解される……。

「はぁ～。お客さん来ないのに、な～んで俺、こんなに疲れてるんだろ。……ほら、リズ。もう土下座とかそーいうのいいから――」

カランカラ～ン♪

ケタケタケタッ！

「びッッくぅ！」

うわ、びっくりしたー……。

あ、俺の笑うしゃれこうべか。急に誰か笑い出したのかと思ったよー。

「……って、なんだシャリナか」

今日は千客万来だなー。

「おうこら、『なんだ』とはなんや！　客やったらどないすんねん」

モーラと入れ違いでドカドカと、足音荒くやって来たのはファームエッジの鍛冶ギルドマスターのシャリナだ。

「いや、どうせ買わないでしょ」

買わない客はただのガキだ。

「ほら、買わんわ――こないなセンスのもん……って、誰がガキじゃ！……あと、これは外しとけぇ！」

ばーん！　とカウンターに叩きつけられる笑うしゃれこうべ。

――ケタケタケタ♪

「あ！　勝手に外したぁ！」

「『あ！　外したぁ！』と、ちゃうわアッホゥ！　こないなもん、ぶら下げとったら気味悪くて客は、よう入らんっちゅうねん！」

な、なんだとぉ?!

「こ、この、ナイスなセンスがわからないなんて――」

「わかる奴がおらんから、閑古鳥鳴いとるんやろが、ったく……」

どかッ！　と、遠慮なしに、モーラと同じく作業台に腰かけ、行儀悪く陳列棚に肘を乗せる
シャリナ。……そこ椅子とかじゃないいんだけど――。

「……で、コイツなにしとるん？」

――コイツ？…………って、

「うぇぇぇえ⁈　ちょ、ちょ、ちょ……！　リ、リズ、まだやってんの⁈　あ、頭あげてよ」

シャリナの目の前にはきれいな土下座をするリズネット。

「……やです。クビにしないでください。許してくださいゲイル様」

「…………え、えぇえぇえ⁈」

そ、その話終わったんちゃうんん⁈

「し、しないいしない！　しないからぁ！」

だから、顔上げてぇぇぇ！　誤解されるぅぅう。

「……おうおう、なんやなんや――新人店員半裸にしてからの、パンツ脱がせて、土下座させてからにぃ……さっそくセクハラかぁ？」
セ、セク――……！
ちゃ、ちゃうちゃうちゃう‼

「してないしてないしてないって‼」

なにその勘違い⁈

……いや、どっちかっていうとパワハラだろ!!　っていうか、どっちもしてないしッ!!

この服も、パンツも、この子が勝手にぃぃい！

「お願いします！　お願いします！　お願いします！　お願いします！　お願いします！」

ちょちょちょ、怖い怖い怖い！　怖ーい！

「……お、おう、大丈夫か、コイツ？」

「いやいや、大丈夫ではない。大丈夫じゃないよー！　リ、リリ、リズ、お、おお、落ち着け」

い、一回！　一回頭あげよ？　いいからまずは、頭上げよ?!　な?!

でないと、ほらぁ！　シャリナの目つきが絶対零度になってるよー！

なんか、これじゃ、俺がきわどい服着せて土下座を強要する悪人みたいじゃーん?!

「ちゃうんか」

ギロッ！

……って、

「――ちゃうわぁぁぁあ！」

なんで睨むん?!　なんでシャリナの圧すごいん?!　や、やめてぇぇえ!!　もぉぉおおお！

「……って、リズのパワー、すっご?!」

えええ？　あ、頭、びくッッともしねぇぇえ!!

なにこれ？　磁石?!　強力磁石なみに、頭と床が離れなーーーーーい！

「あーもー!!」

クビにしないから頭上げてぇぇぇぇえ——！

「それじゃ、しつれいしまーす！」
※　※　※
「頼むから失礼はしないでくれ……」

お疲れさん……。

朗らかな顔で帰っていくリズネットを見送りつつ、がっくりとうなだれたゲイル。

ふぅ、真っ白に燃え尽きたよ——。

「……そないに、気落ちすなって」

「いや、シャリナのせいでもあるんだけどね——」

だって、すっごい目つきで睨んでくるんだもん。

「そらぁ、ウチのギルド員が無体働いとったら責任者として指導せなあかんやろ」

「……は？」

ギルド員？　責任者？

…………あ、そうか鍛冶ギルドの——。ぽんっ
「……お前、今忘れとったやろ」

「さーせん」

「ったく」

っていうか、なに？

「……ひやかし？　もう、店閉めるんだけど――」

「知っとるで？　せやから来たんやろが」

　は？

「……いや、冗談抜きで様子見に来たんよ。一応、ウチはアンタの後見人みたいなことになっとるからな」

「…………え？　そうなん⁉」

　初耳ー。

「いや、知らんかったんかーい！　誰かが保証人にならな店も借りられんやろが‼」

「マジでぇ？」

　え、じゃぁ。何？　シャリナって、俺の保護者的な――――え、お母さん⁉

「あっほぉ！　誰がお前の母ちゃんや！　お前は、ほんッッま世間を知らんやっちゃのー！」

「えへへ、呪具ばっかつくってたから」

「……一個も褒めとらんわ」

　はぁ、と小さなため息をつくシャリナ。

　なんだかんだで面倒見がいいのだろう。っていうか、やっぱお母さん⁉

「だから、ちゃう――ゆーとるやろが！　お前みたいな息子おったら叩き出しとるわ！」

　……はぁ。

「――で、実際のとこ、どうやねん？　店やっていけるんか？　呪具なんて、そない売れるもんちゃうやろ?」

しゃりーん！　と、手近にあった短剣を手に取り、クルクルと弄ぶシャリナ。

「……うるさいなー。売れてるよ——」

もにょもにょ…個くらいは——。

「……なんて?」

「ごにょ…個くらい」

「いや、だから——」

むぅぅう！

「…………うるっさいな!!　どーせ、売れてませんよぉぉぉおおお！」

はいはいはいはいはーーーーーーい！　さーせんねぇぇぇえええ!!　モーラが教えてくれた物とシャリナが回してくれた仕事以外には全ッ然売れてませんよぉぉおおだ!!

「——これでいいですかぁっぁあああ！」

「……いきなり、切れんなや——ったく」

スコンッ！　短剣を戻すシャリナ————って、

「ごわぁぁあ?!　取れんでこれぇ！」

ヌォォォオオオン……。

　ヌォォォオオオン……。

「いや、呪われてるっていっつも言ってるじゃん?」

あっほぉ！

「ちょっと、触っただけやろが――あだだだだ！」

いや、呪いにちょっともそっともないから……。っていうか、もー。

「……指紋付けないでよ――」

「つけとらんわぁぁぁぁあ!!」

うるさいうるさい！　はい、解呪ー。

「……ったく、この馬鹿垂れがぁ！　人を呪っといて、指紋の心配かぁ?!――こういうのは見本品ちゃうんかい!?」

「いや、全部手作り、真心を込めた呪具ばっかりだよ？」

あっほぉ!!

「客をオールマイティに呪うつもりかお前は、ほんまぁぁ！」

「いや、呪具屋だっていってんじゃん？」

呪いの装備売ってるんだよ？　呪われてなんぼじゃん??

「あーあー、せやったなぁ」

まったくもー。と頭をガシガシ掻くシャリナ。

「ほら繁盛せんわけや」

「むぅ……！　ほっといてよ！」

シャリナのあけすけな物言いに、ぶっすぅぅ……と膨れっ面のゲイル。

つーかなに？　買いもしないで、嫌味言いにきてるのぉ?!

「アッホォ、ほっとけるかーい。……保証人や言うとるやろ。だいたい、そこは、すねるとこちゃうやろが」

……まったく。

呆れつつも、チラッと店内を見回すシャリナ。

目玉商品のつもりなのか、店のショーウィンドウには『魔王の心臓（1／6）』。

棚には骨やら、目玉や人の手が浮かんだビーカーがぎっしり。

本棚には、手書きのものらしい、ちょっとかび臭い巻物が詰め込まれているし、メインのカウンターを兼ねたガラスウィンドウには、ピカピカに磨かれたグロいデザインのアクセサリーがびっしり配置。

極めつけは、壁にはドックンドックンと脈動する剣に、時折「ぷしゅ～」と瘴気を吹き出す盾に、独りでにガッチャンガッチャンとうろつく鎧が3着──。

ガッチャンコ、ガッチャンコ──。

「…………ほんッま、これで売れると思うとるお前が不思議でならんわ」

「なんだとぉぉぉおお!?」

どいつもこいつもぉぉお！　もぉぉおお！

帰れぇぇぇぇぇぇぇえ!!

ドカーーーーン!!　とシャリナを蹴り出して、入り口を勢いよく閉めるゲイルなのであった。

※　※　※

「ほな、あとでなー！」

「いらないって言ってんだろ!!」

せっかくたたき出したのに、何やら買い出しに行ってくるとか言って去っていくシャリナ。

なんでも、本当の用事はのびのびになっていた開店祝いなんだとか――……そゆのいらない。

あ、そうそう。モーラはモーラでそれを言いに来たらしいんだけど、言い忘れて帰っちゃったそうだ。

「モの字の気持ちもわかるでぇ」とかシャリナが言ってたけど、どーいう意味だよ……ったく。

からん♪

『Ｃｌｏｓｅ』

「はーやれやれ。今日もお客さん少なかったなー」

しょんぼり。

閉店札を掲げたゲイルの呪具屋。カチッと、呪具照明のスイッチを押すと、さっそくカンテラがピカピカと光って、看板にぶら下げた髑髏の目からもチロチロと鬼火があふれる。

まるでネオンのようだが、これでも一応閉店中で～す。

「へへ、宣伝にはいいよねー」

うんうん。

「いや、これ苦情きますよ？　ほんと」

びっくぅ!!

「うわ。び、ビックリしたー……って、ギムリーさん?!」

え？　なんで?……ほんとに千客万来??

「――って、そうじゃなくて！　俺カギ閉めましたよね？」

あれれー？

「裏口から入りましたよ？」

あーそっかぁ、裏口からぁ。

「……って、入ってきた場所聞いてるんじゃないですからぁぁぁ!?」

っていうか、それでも普通に不法侵入ぅぅぅう！　あと裏口も鍵閉めてますぅぅ!!

「あーもー。……また、勝手に入ってきたんですか?!」

「いえいえー。こっそり入りましたよ？」

あーそっか、そっかぁ――――って、だからアウトぉぉお！

「こっそり入ったらオーケーとか、そういうルールないですから！」

それ別にOKじゃないからね?!　むしろ、アウト!!　こっそりは余計にアウト!!

「っていうか、もう、普通に怖いですからぁぁぁあ!!」

あーもう。なんなんこの子……。

「えへへ、ゲイルさん最近ギルドに来てくれないから、こっちから来ちゃいましたぁ」

てへ。

「……殴っていい？」

「な、なんでですか！」

いや、こっちが「なんで」やわ!!

急に夜に侵入されるとか恐怖でしかないわッ！　あと、君ぃ。ギルドに顔出す云々より先にウチに不法侵入していたからね？　これ何回目だと思ってんの？

「………はぁ、頼むから、昼間にお客として来てくださいよ」

「いやー……別に欲しいものないので」

えへへ
「──そっかー。……って、なんだとぉぉお、ごらぁぁああ！」

じゃ、何しに来たんだよ!!

っていうか、帰れぇぇええええ！──誰の呪具がゴミカスじゃぁぁあああ!!

「そこまでは言ってないですぅ──まぁ、見た目はゴミですけど」

コイ～ン！　と、ゲイルの店の動く鎧を小さく弾く──って、ゴミって言っとるやないかぁぁぁああ!!

「あーもう、話が進まないですからぁ」

「じゃ、帰れよ！」

呼んでねーよ!!

「えへへ」

「なんも褒めてねぇぇぇぇぇ！」

なんなんこの子⁉　この子なんなん⁉

「どうどう」

「はーはーはー……」

って、どうどうじゃないよ‼　ＹＯＵに怒ってるんだからねッ⁉

「疲れる……。マイペースな人相手にするの疲れるわぁー」

「ゲイルさんに言われちゃおしまいですねぇ」

失敬だね⁉

「どういう意味ですか！……ったくもー。今日は見逃しますけどねぇ！……はぁ。今度やったらいくらギルドマスターでも通報しますよ？」

ほんとにもー。なんか知らんが、先日から、こうしてギムリーが際どい恰好で閉店時間を見計らってくるのだ。

「で……今日は、なんです？　まさか、またあの話？」

ドカッ！　と椅子に腰かけ、ため息交じりのゲイル。

面倒くさいけど、とりあえず、話だけでも聞いとくか。

「――はい、その通りでございます」

すぅ……。

凛とした声で、一歩引いて首を垂れるギムリー。

カツン。

あ、なんか始まった……。

見慣れないほど、きれいなお辞儀。言ったとたんにスッと空気と雰囲気を変えるギムリーにゲイルもドキッとする。……いやいや、いきなり、真剣になるの反則だろぉ。

「……以前も申し上げた通りでございます――」

うん、前も聞いた。しつこいくらい聞いた。

「……我らはダークエルフ、」

知ってる。

「この身を含め、我が一族は、千年の呪縛により滅びの危機に瀕しております」

うん、で??

「この呪縛が解ける人を長年探し続けておりました。そして、今宵我らはついにあなたを見つけたのです」

ひしッ！

ゲイルの手を掴んで下から掬い上げるようにして見つめるギムリー。

ウルウル……。お目めが潤んで可愛いんだけど、

「うん。……え～っと、療養所の連絡先は――」

パラパラと回覧板をめくるゲイル――って。

――ずるぅ！

「って、なんで今の流れで療養所紹介する流れになるんですかぁ！」

「いや、なるでしょ？」

なに、その設定。千年の呪縛でダークエルフが滅びるとか、頭のビョーキ疑っちゃうよぉ？

「あと、そーいうの頼る人間違ってるよ？　俺、呪具師だよ」

滅びとか、千年とか、……そゆのって、勇者とか教会じゃないの？

　ゲイルさん、勇者のユの字もないよ？

　……あ、呪具に「ゅ」入ってるか――なるほどぉ……って。

絶対人選間違ってるからッ！……そもそもなんだっけ？

「千年のなんとか⁇　あのねぇ、さっきから言ってるけど、俺、呪具師だよ？　呪具師‼　何回も言うけど――じゅーぐーし！」

　センス抜群の呪具を作る人ぉ！――大事なことなので二回言いましたぁッ。

「いや、センスはないとおもいますけど――。……いえ、呪具師だからこそ――です」

「んー……話が通じなーい。あのさ、呪縛とか千年とか、呪具師には無理！　なんでも呪縛を呪いで括るとかホント悪い癖だと思うよ、俺――って、誰のセンスがないんじゃぁぁぁ！」

　もう、帰れぇぇ‼

だいたいゲイルさんにダークエルフの呪縛とか関係ないし、そも、どないせぇっちゅうねん。

「もし、もしも！　我らを救ってくださるなら――十分なお礼を」

「無理無理無理。いらない、いらない」

「そこをなんとか――！」

シュルリ。薄い服をパラリと落とすギムリー。

「……お望みとあらばこの身を好きになさっても構いません――ゲイル様の思うままに、」

「いや、ほんと、そゆのいらないから」

ずるぅ！

「秒かよ!!」

断んなしぃッ！

「秒で断るとこじゃないでしょ!?　今ぁぁ」

え？　だってー……。

じっと、ギムリーの体を上から下まで見て、もう一回下から上まで――。

「うん、持って帰って――」

「コロシますよ！」

どこ見て、そう思ったのよ!!

「いやいや、そもそもなんで受けてもらえると思ったのか、むしろそこんとこ聞きたいわー」

ゲイルさん、別に女の子嫌いってわけじゃないけど、ね。うん、ないけどね――。

「なにがないってぇぇぇぇ！」

いや、言ってない言ってないから――。もー帰ってくんないかなー。

「明日もお店あるから、そろそろ――」

「いや、大丈夫ですよー。お客さんいないじゃないですかぁ」

「あーそっかー。…………殺すぞ。ガキぃぃぃぃい！」

ぎゃーぎゃー！　と閉店後の呪具屋で大騒ぎ。

つーか、その恰好で店走り回るな!!

あと、時々素に戻るなよ。……どっちが素か知らないけどぉ。

「んー……そもなんで俺？　千年のなんちゃらとか、無理無理」

猫を捕まえるように、ギムリーの首根っこを掴んでプラ～ンと。

……ほんと、何言ってんのこの子？

くるり――ヒシッ！

「一目みるだけでも！」

「いやさ、だからぁ！　お店もあるしぃ！　……だいたい、呪縛（？）＝呪いってのは安直すぎるよ？」

それこそ、俺くらいで解けるような呪縛なら、とっくになんとかしてるでしょ？

あと、その恰好で抱き着かないでー。

「で、でも、その、ほら、こうして女の子がお願いしてたら普通――」

そっと、胸に手を添えるギムリーを見て……。

「え？　女の――……子？」

ダークエルフって長寿(ちょうじゅ)――ゴンッ！

「いっだぁぁ?!」

「……そこ、ツッコむと普通に殴りますよ」

「いやいや！　殴ったよね?!　音もなく殴ったっていうか――なんか投げましたよねぇぇぇ?!」

いてぇぇぇ。血、血ィ出てるし!!

「血を見ますよ？」

「もう見てるよ!!　マジ、衛兵よびますよ！――ってこれ、手裏剣(しゅりけん)じゃん！」

殺す気満々じゃん!!　もー!!

「帰れぇぇぇぇぇぇぇぇ!!」

バーンッ!!　今度こそ、ギムリーを追い出したゲイル。

さすがに血を見せられちゃぁ――「そこをどうか！」

「って、うっぉぉおお?!　また裏口ぃ?!」

「いえ、入口から」

あ、そっかー。ならOK……ってなるかぁぁぁぁあ！

鍵(かぎ)を勝手に開けんなぁぁぁぁああぁあ！　入口から入れって言ったけどさぁぁあああ！

あーもー！　鍵の意味ないじゃん!!　閉店中だっつってんだろぉぉぉおおお！

「もー。なんなん?!　みんなして、なんなん?!　今んとこ、シャリナしかまともに入口使ってないよぉぉお?!――あと服着ろ服!!」

なんなんよ！　みんなぁぁあ！

もーこんなとこ見られたら誤解され――。

カランカラ～ン♪

「おーゲイルぅ。約束通り、モの字も連れてきたでー。開店祝いやろやろー。――――って、」

「げ、ゲイル、こんばんわー。さっきはその――――って、」

……………今ぁぁあ?!　今来ちゃうぅぅう?!

「……あ、あーッ」

「……あ、あ♡」

変な声出すな!!　アホぉぉお！

そして、シャリナ&モーラぁぁぁあ!!　なんで、今このタイミングでっぇえええ?!

そして、ここで入口開けちゃいますかねぇ、シャリナの姉御(あねご)ぉぉお&モーラさんよー！

あああああああ、言い訳!!　なんか言い訳ぇぇぇえええ!!

「ゲ、ゲイル、おまぇ……」やれやれー。

「ゲ、ゲイル、あんたぁ――」わなわなわな……。

何も思いつかねぇぇえ!!　え、え～っと……。

「「衛兵の詰所(つめしょ)の連絡先は――」」

って、衛兵呼ぶなしぃぃぃいいいいいいい!!
※　※　※

からんから〜ん♪

「じゃー今日はすみませんでしたぁ――」

あーホントすみませんではすみませんよ!!　まったくぅぅう。

お手てフリフリ、服を着て帰っていくギムリーを見送る三人。ゲイル、モーラ、シャリナ。

「……なんやなんや、ビビらせよってからにぃ、ギの字のやつ、珍しく酔っぱらっとっただけかいな？」

「ふ〜。ホントびっくりしたわよ。お店に来たらいきなり――だもん。違うお店かと思ったわ」

違う店ってなんやねん！

ウチはそういうサービスはしてねぇぇぇ！

ちなみにギムリーは、シャリナ達が来た途端にいつもの調子に戻って、お酒に酔ったふりでその場を切り抜けて、さっさと帰っていった。うん、帰れ。

「まー、ギの字も色々あるみたいやしなー酔いたい日もあるやろ」

「こっちは貰い事故だっつーの」

ほんっとにもー。

「まぁまぁ、それよりもほれ――」

「あん？」

ドンッ！　でっかい徳利を床に置いて、自分も座ってニカッ！　と笑うシャリナ。

「――せやから、うち等もやろか」

え？　やるって??

「そんなもん決まっとるやろがぃ――」

じゃ～ん！

徳利のほかにも、串焼き（くしや）やバゲットを得意げに掲げる（かか）シャリナ。そして、モーラもちょっと恥（は）ずかしそうに、魚数匹（すうひき）にソーセージが入った籠（かご）をチラッと持ち上げる。

「……ん？　ん？　ん？」

「ヒヒッ。どうせ夜は暇（ひま）やろ？　色々あって遅（おく）れたが――開店祝いちゅうやつや」

……はぃ？　そういやそんなこと言ってたけどぉ。

「……ま、酒に付き合え、ちゅうこっちゃ！」

ニカッ！

「え、ええー……」

からんッ。

※　※　※

『Ｃｌｏｓｅ』

今度こそ、閉店札を掲げたゲイルの呪具屋。

さっそく、カンテラがピカピカと光って、看板にぶら下げた髑髏（どくろ）の目からもチロチロと鬼火（おにび）があふれる。それは、まるでネオンのようだが、これでも一応閉店中です。

そして、呪具から漏（も）れるそんな薄ぼんやりとした明かりの下、ランプもつけずに店内にドカッと車座になった三人。

「——ほれ」

不揃いのカップにコココココ——と琥珀色の酒を注ぐシャリナ。

モーラ、ゲイル少量——シャリナ、なみなみと。

「ま、なんやかんやで色々あったが、開店おめでとさん」「おめでと……」

「え？　あ、うん、ありがと——」

……ありがと、なのか？　時期遅れの開店祝いに戸惑いつつも、まぁ、悪い気はしない。

「……うん。ツマミはほとんど、ウチの買い置きなんだけどね」

オツマミは二人が屋台で買ってきたものでは全然物足りないので、家にあったものを適当に切ったり盛ったり——。

塩もみキュウリ、炒りナッツ、ニシンの燻製、ハムにベーコン。チーズは丸のまま——。

「やっかましいわッ。そんなんケチケチすんなや！……それよりほれ。遠慮のぉ、やれや」

「あ、ありがと」「ど、ども……」

恐る恐るカップを受け取るモーラとゲイル。

「ほな、乾杯」

カチンッ♪　ニヒヒと屈託なく笑うシャリナが、無理矢理二人のカップに自分のそれをぶつける。

「ええ酒やで、ぐっといけ、グッとな」

「「い、いただきます」」チビッ。

——カッ！

「うわ」

「これ度数、いくつ……？」

小さく舌を出したモーラが火傷したとでも言わんばかりの顔。

「ウケケ！　そんなもん知るかい。ウチが気に入っとるやつや。ほれ、ぐっといけ、ぐっと」

「無理無理。ドワーフと一緒にしないでよ」

モーラも固辞するし、飲んでみたゲイルも同じ感想。一瞬で喉が焼ける味に、少しだけにしようと思う——。

「ま……この前は色々あって結局ヤれんかったからなー。ウチも悪い思っとったんよ。……ほれで、改めて開店祝いっちゅうか、なんちゅうか——」

「……いや、しょっちゅう来てるよね？」

知ってる？　シャリナ、ここで飲むの五回目だよ？

「うっさいわ！　ええ女と飲めるんやから、黙って付き合えや！」

「いや……え？」

いい女？

「え？」

「え？」

「……殴るぞ、自分――」

どうどう。

「怒るなよ」

「怒っとらんわ！」

ったく、と――静かにオーラを発するシャリナを宥めつつ、酒を舐めるゲイル。

まぁ、やっぱ悪い気はしないな――。カッシュたちとパーティを組んでいた時は、あまりこうして仲間と飲む機会ってなかったしな……。

ちょっとだけ昔のことを思い出しオセンチな気分になるゲイル。

「黄昏ちゃってどうしたのよぉ？」

ほんのりと顔を赤くしたモーラがジト目でゲイルを流し見る。

モーラも、カッシュたちのことは知っているので、面白い話題ではないのでここは流す――。

「いや、別に――」

なんだか、遠い昔のようにも思える。それほど時間がたってるわけじゃないけどね。

チロチロッと舐める程度に酒を含むゲイル。

うぇ……。やっぱキツイ。

口にしたとたん、アルコールの強烈な香りと味が舌を殺さんばかり。喉の方も焼けそうだ。

なにかツマミと一緒に食べないと一気に酔いそうだ。

「ところでゲイル。どや？　ファームエッジは気に入ったか？」

「ん？　藪から棒になんだよ？」

自分のカップに注ぎつつ、シャリナがなんでもないように零す。

「いや。なんつーか、だいぶ馴染んできたように見えてな――」

「まぁ、いい街だよね？　飯はうまいし、適度にダンジョンもあるし」

アンデッド素材には困らない。ここ大事――。まぁ、呪具が売れないのは……ごにょごにょ。

「ほぅか？　そらぁ、良かった！　ゲイルのおかげで、街のインフラがおもろいことになっとるでのー。……ウチのとこでも呪具作るやつを育てよかと思っとる」

「え？　呪具師を？」

ゴッゴッゴッ。

カップに注いだそれを一気飲みするシャリナ。だが、カップでは物足りないと思ったのか、何も言わないうちに自分で注いだかと思えば、やっぱり直接瓶から飲みだす始末。

さ、さすがドワーフ……――。

「ぐびぐびぐび。ぷはー……！　せや。ほんで――もし、人を育てるなら、ゲイル――おまはんに任せよ思うてな」

ぶほっ！

「え？　俺？」

ゲイルが呪具師を育成ぃぃい??

ちびちびと酒を舐めていたゲイルがぶほっ！　と吹き出すほどの衝撃。

「いやいや、無理無理！　俺が人にものを教えられると思う⁉」

「……きったないなー。……ほうは言うが、お前しかおらんやろが？　ウチは長いこと職人見てきとるけど、お前の腕が確かなんは間違いない」

え、そう？

照れ照れ。

「すぐ、調子にのらない」

うるさいよ、モーラくん。

「色々、お前とつるんで開発してきたけど——実は、呪具師いうんわ、お前が初めてやでな」

え、えぇー。そうかな？　そうかも⁇

「……ま、まぁ、ハズレ職って言われてるし、呪具師の才能を持ってるやつも、たいていはさっさと別の仕事につくからなー」

こんな面白い仕事なのにねー。

「あー……。そうや、そうやな。せやけど——ウチの目から見ても、ハズレ職いうんは言い過ぎちゃうか？」

仕事に貴賤はないやろ？　と、シャリナはそういうが、

「……シャリナさんのいうことは正しいと思うけど——実際、冒険者でたま～に見かけるけど、皆苦労してるわね。あ、キュウリとって」

「ほいほい」

しゃりしゃりとキュウリをかじるモーラ。味付けは塩だけ。

「ハズレ職なのは認めるとこだなー。実際、呪具師は後衛職だし、ソロじゃ絶対戦えないしね」

「いや、アンタ戦ってるじゃん――あ、チーズちょうだい」

「ほいほい」

モッチユモッチュ。買い置きのチーズはまだ柔らかくておいしい。さすが農業都市。

「戦うって……先日もやばかったぞ？　シャリナがいなかったら、俺死んでた自信しかないし」

なにせ、呪具師は、職人でもあるので、戦闘には向いていない。

できることと言えばせいぜい後方からちまちまとデバフアイテムを使うことくらい――。

「よーゆーわ。おまえなら絶対一人でもいけるで――あ、ハムくれや」

「ほいほい」

薄く切ったハムを皿にのせて差し出すゲイル。

「無理だって！　無理無理。なんかおだててるけど、す～ぐ、男だなんだって言って前に出そうとしてない？　俺、マジでただの後衛職だからね、呪具師だし」

「ほんま、よーゆーわね。アンタが後衛職だったら、世の中、前衛いらないわよー。あ、燻製頂戴」

「モーラ、口調が移ってるぞ。……ほいほい――」

とっておきのニシンの燻製の身をほぐして差し出すゲイル。

「うッま！………そういや、こいつがちょっとおかしいだけで、普通は、呪具師って、雑用ばかりやらされてるわねー」

「だろ？」

……そうして、大抵すぐに死ぬか、さっさと冒険者の道を諦めるのだ。

街中で生きていく方が安全だから――。

「って、誰がおかしいねん!!」

「アンタも移ってるわよ――……前にも言ったけど、アンタ万能なのよ」

万能ぉぉお～？

「そりゃ、褒め過ぎだよ――」

褒めてもなんも出ないぞ？

だいたい、万能なら追放なんてされないからね……??

「ったく、お前は相変わらずやのー。モの字のいうんもあながち間違いちゃうでー？　お前、腕は確かなんやでー―ゴキュゴキュ――ぷはー。センスはないけどな。……ナッツ貰うで」

朝飯用に炒っておいたナッツがシャリナの胃に消えていく。

……だから、褒めてもなんも出ないっての！

「って、センスあるっちゅうとるやろが～!!」

「「うつってるでー」わよ」

うっさいわ！

「ポリポリ。……もう、センスはあきらめて、街に定住してええんちゃうか？　なんなら、ウチが面倒みたるでー？」

「いいよ。遠慮しとく……」

シャリナ厳しいもん……。冒険者稼業も嫌いじゃないし――。

それにしても……

「センスを諦めるか――」

アルコールで溶けた思考の下、ふと冷静になるゲイル。

呪具を売って人に喜ばれるのも嬉しいし、役に立ったと言われると楽しくなる――。

だけど、なんだかんだで、純粋に呪具のそれが好きだと言ってくれたのは、王都のあの少女だけだったっけ。

「なんや、黄昏おって――聞いとんのか？」

「え？　なに？」

ぼーっとしているゲイルに、ジャーキーをクッチャクッチャとしながら、赤い顔でシャリナが絡んでくる。モーラも据わった眼でゲイルを睨んでいる。

え、え？　だ、大丈夫？

「大丈夫ちゃうわぁ！――その目ぇ、女のこと考えとったなぁ？　こーんな、いい女が二人もおるっちゅうのに」

「そうよぉ、話を聞きなさいよー」

うえ、酔ってる？　つーか、

「え？……二人？」

たしかに女は二人いるけど、いい女って――。

「一人じゃなくて？」

ゴンッ！

「どこ見て、一人除外しとんねん!!」

「げ、ゲイルってば、」

きゃ！

「……お前は、お前で、なんで自動的に自分のことやと思うとんねん！――たしかにウチもモ、の字の方が、ええ女やと思うけどぉぉぉお！」

うがー！

「いってぇ……。手加減しろよって、……おいおいおーい、シャリナぁ?!」

「みとけぇ！　脱いだらウチも凄いんやでぇ！」

スポーン！

いや、スポーンって、どうみても立派な鉄板じゃーん！　それ誰得？

「ぬぅうぅがぁぁあ！　見られてガッカリされるとか、こんな屈辱許せん――つーか、誰が、鍛冶ギルドの大金床じゃぁぁぁぁああ！」

「いや、言ってねぇ！　つーか、服着ろ！　誤解されるだろ！　って、モーラぁぁあ！」

なんで？　なんでYOUも脱ごうとしているん?!

「暑いしー？」

「ちょ、ちょ、ちょぉぉおおおお!!」

暑いしー？じゃねぇよ!!　あーやばい！　見たいけど、やばい!!　あかんっ！

「もう！　やめろって!!　酔い過ぎだぞ、お前ら!!」

リズネット帰らせたのはまずかったか？

――だが、舐めるなよ！　酔っ払い女子ーズ！　あーもう、めんどくせぇ！

「寝ろッ!!」

――せい!!

こんなときこそ、呪具の出番だ。

設置型呪具――爆睡の巻物ッッ!!　発動ッ！

「なんや、なんや？　そないなもん、棚から取り出してからにぃ、ウチらに何しようとしてんねーん――」

ナンもせんわ!!　お前はナンもないやろが!!

「――誰が板金特殊装甲じゃぁぁあっぁあああ！」

「言ってねぇっぇえええ！」

――寝てろ酔っ払い！

しゅるるるる――……と、使い捨て呪具を広げるゲイル。

すると、たちまちあふれる瘴気と、髑髏のエフェクト！

ぬぉぉぉおん！

　ぬぉぉぉぉおおおん！

「おら、ゲイルぅ！　男やったら――――」

「そーよぉ、ゲ、イ、――――」

「「……あらら？」」

地中から湧き出る髑髏のエフェクトが二人に絡み、強烈な眠気を誘っていく。

悪魔系モンスターの夢魔のエキスから作った爆睡の巻物だ！　こいつは効くぜぇ――。

「な、なんや、」

「ね、眠気が――」

ううう……がっくーん!!

ドサリと倒れる女子二人……。

「ふぅ……危ないとこだった。…………って、誰がゲイやねん!!」

ゲイちゃうわぁぁぁああ!!　普通に女の子、好きやッッちゅうねん！

「まったくもー……」

って、やべぇな。こ、これどうしよう。

適当に使ったから、効果絞ってねーや……。下手したら朝まで起きないぞ?!

あーーーーーーーーーーーー。

「もーーーーーーーーーーーーーーーー!!」

やらかしたぁっぁああ！……起きろ！　服着て起きて、帰ってくれぇぇぇぇぇぇぇ！

「ったく、まいったなー」
※　※　※
この状態で放置するのもあれだし、
かといってベッドに運ぶのも面倒だし、起きた後で誤解されそう……。

いやだよ、そういう誤解な朝チュン的なの。

とくにシャリナと朝チュンとか、なんの罰ゲームだよ……。

「――誰が罰ゲームじゃ!!」

びくぅ!!

「……ね、寝てるよね？」

すやすや、爆睡モードのシャリナ。……寝言??

「と、とりあえず、服着せて転がしとくか――」

あとは毛布をかぶせて放置するしかないな。外に放り出すわけにもいかないし……。

「あーもう、なんで俺が……。お店の開店祝いだとか言ってなかった――??」

なにこれ。新手のいやがらせ？

「しかも、酒持参だし……」

最初から飲むつもりだったのだろうが、それなら別にどこかの店でもいいじゃん？

だが、まさか脱ぎだすとは……。そういう目で見たことないんだけどなー。

職人どうし気が合うっちゃ合うんだけどねー。

「はぁ……何しに来たんだか」

やれやれ――……。

「――シャリナは、シャリナなりに、ゲイルさんの腕を見込んでるんですよ」

「へー。そうなんだ」

鍛冶ギルドのマスターにそう思われてるのは悪い気はしな――。

「って、うぇぇぇ⁈　またぁぁ⁈」

ギムリーさん⁈　また来たのぉ⁈

「いえ、ずっといましたよ？　天井裏に」

あ、なるほど～！

「――って、怖いですって!!」

もー！　え？　なに？　ウチの天井、そんなスペースあるのぉおお⁈

「なんなんですかぁ⁈　普通に怖いって!!　もー！」

なにぃ⁈　なんなんウチの防犯ッッ!!　おかしくなーい⁈

放火されるわ、店員はメイド服を脱ぎ散らかすわ、酒乱が大騒ぎするわ、挙句の果てに連日の不法侵入っ!!――――そう、不・法・侵・入ッッ!!

「――ちょっと、衛兵所いってくるね」

「あーい。……って、ちょちょちょぉぉおお！」

ガシィッ！　とギムリーの必死な手がゲイルの服を掴んで離さない。

「なんスか？　次やったら衛兵に通報するっていいましたよね。俺！」

「ま、待ってぇ！　待ってくださいって――さっきのはほらぁ、これも含めてワンカウントじゃ？」

いやいや。

何そのルール。一回侵入したらワンカウントだよ？　さっきのが最後の情けだよ？

「まぁまぁ、とりあえず、落ちついて――一回衛兵に通報してくるから」

「うんうん。はー、よかったぁ。――って、ちょちょちょ！　それ結局通報してますぅ！」

「いや、するでしょ？」

なんでしないと思ったの？　怒るよ、ゲイルさんだっていい加減。

「そ、そこをなんとか――私、ついにわかりました」

「なにがぁ?!　もー、何回も頼まれても無理ですよ？　他を当たってくださいって――」

こっちはお店やってるの!!

俺、呪具屋！　ダークエルフを救うとかは勇者の仕事――アンダスタンッ?!

「ってわけで、理解できたら帰って帰って――もー、俺もいい加減疲れたから」

お店全然売れてないのに、千客万来でお腹いっぱいなの!!

「ちょぉぉお！――はーなーしーをー」

はいはい。衛兵所で話してきてね。……あとで通報しとくから。

「――だいたいさー。呪縛だか何だか知らないけど、困ってるなら公共サービス使ってよ。そのための税金でしょー？」

それこそ、衛兵隊とかさー王国の騎士とかさー。

あと冒険者ギルドとか利用しなってばよ――っていうか、あんた、一応ギルドマスターやん！

――冒険者雇えよ……。

「それに、呪縛⁇……そーいう呪いなら、呪具師より教会じゃない⁇」

呪具師は解呪屋さんじゃないよぉ⁉

「いえ、並の神官では無理です……かつては我らも恥を忍んで教会に頼ったこともございます」

「いや、ならなおさら俺じゃ無理じゃね？」

並以下ですよ、ゲイルさん。呪具には自信があるけど、腕前は並どころじゃないですよ⁇

「……教会はなんて？」

「手に負えないと……――攫った……あーいえ、誘拐した神官に手伝わせたので間違いございません」

……………うん。攫ったも誘拐も同じだからね？　言い直せてないからね⁇

「っていうか、こわッ‼」

何この子⁈　サラッと、神官さん誘拐してんの？　ちゃんとお家に帰してあげてるよね⁈

「じゃー無理だって。プロの神官が無理なら、呪具師の俺にできることなんてないよ――さ、もういい加減帰ってよ」

「いえ、帰れません……」

帰れ！

「――お金も、女もいらない。そんな無欲の呪具師、ゲイル・ハミルトン」

いや、いらないわけじゃないよ？　無欲でもないし――。呪具とか素材とか大好きよ？

「……って?!」

シャキンッと、腰に差した短刀を音もなく抜き出すギムリー……って、ちょぉ?!

「な、なに?!　なになになにぃぃ?!」

ま、まさか、殺る気ぃぃぃ?!

痺れを切らしたギムリーが怒ったのかと思わず身構えるゲイル。

だが、ギムリーはそのまま横をするりと抜けると、そっ……と、呪具の飾られている表のショーウィンドウに近づき、クルリと振り向いた。

「――そんなアナタの心を動かせるものがあるとすれば、ただ一つ……」

ニィ……。

キラリと短刀が呪具屋の明かりを反射し、ギムリーの姿を怪しく映し出す。

刹那。ブツゥ……と、短刀が奔り、血の臭い――。

「うわッ！」

い、いたそー。

何を思ったかギムリーが指を浅く切り血を数滴たらす。──ぽたぽた……。

「って、ちょ！　ちょちょ、ま‼　あ、危ないってそれは──‼」

え～っと、ほ、包帯包帯‼

寝転ぶモーラやシャリナの上を駆け回って、慌てて救急箱を取り出すゲイル。

だって、あの呪具はやばいんだ‼　普段はおとなしいけど──……。

「い、今すぐ離れて‼」

ギムリーが垂らす血の先には、ショーウィンドウに飾られた目玉商品の『魔王の心臓（1／6）』がある。

だが、この呪具は目玉商品であると同時に、ほとんど劇物なのだ。

なにせ、使用すればそのまま死に至る、悪魔のごとき呪具。

しかし、デザインは完璧で、効果も抜群──……まさに、キングオブ呪具！

……そう、なんといってもデザインだ‼

リズネット曰く、退職金だそうだけど──誰が作ったか不明らしい。

だが、この意匠はなかなか真似できるものではない──。惜しむべくはこれで一部だということだ。

丸々一個あればどれほど素晴らしいことか──……。

「あ！……ちょッ‼」

そいつが──血の味に気付いて、シュルルル……と、触手を伸ばしギムリーを包み込んでいく。

――まずい……！

そう思ったときには、あっという間に触手に包まれきったギムリー。

「ふふ……大丈夫ですよ」

「大丈夫じゃないよ!!」

かつてのそれのように、際限なく人を襲うことはないが、それでも『魔王の心臓』は危険な呪具には違いないのだ。

……装備すればステータスの上限を天元突破する異次元の呪具。

その分、使用者の体力魔力を吸い取る悪魔の呪具――それが『魔王の心臓』だ。

ちなみに、ゲイルはそれを弱体化し――、ソーサラー素材や黒い骸骨マント素材で、色々デコデコにデコレーションして、デザインを損なわぬように、調整を施していた。

とりあえず、使用したくらいでは命まで奪わぬようにしたが、それでもまだ完全に解析できていないもの。

並の人間が触れればたちどころに呪われてしまうだろう。

――だから、ゲイルとて簡単には人に触らせないようにしている。

ましてや、素人がむやみやたらに――。

って……。

「――だ、大丈夫なんですか?!」

慌てて呪具を鎮めようとしたゲイルであったが、その手を止める。

たしかに、シュルル……と、『魔王の心臓』から出た触手に体をまさぐられつつも、その中心で妖艶に微笑むギムリー。

「ふふふ……いい子ね」

そっと、触手に口づけするように、それでいて、慣れた様子で呪具を慈しむ姿にゲイルも呆気に取られてしまう。

「ギ、ギムリーさん？」

……ど、どうやって——。

にわかには信じられない光景だ。

気性の荒い呪具である『魔王の心臓』がギムリーを優しく包み込んでいるのだ。

………あ、そのエッチな触手は、ゲイルさんの仕業じゃないよ？

「言ったではないですか——」

「へ？」

何を？

「我らを蝕む千年の呪縛について……」

そう言って寂しげに微笑むギムリーの顔をまっすぐに見つめるゲイル。

……そして、ギムリーを包む『魔王の心臓』を見て、再びギムリーを見る。

ギムリー、『魔王の心臓』。

ギムリー……『魔王の心臓』――ダークエルフ……魔王。

……え?

ダークエルフを蝕む呪縛って――。

「も、もしかして――」

「こ、これのこと⁇」

ようやく気付いたゲイルに、そっと『魔王の心臓』を渡すギムリー。その顔は、内心ドキドキであったが、恭しくゲイルに首を垂れ、そして、爆弾発言を叩きつける――。

「……ご想像の通りです。この『魔王の心臓』に準ずる呪具が、我が里には複数ございます――その名も魔王シリーズ……」

「ふッ‼」

複数⁈

「は、はい……」

ゴクリ。ギムリーの喉が緊張で鳴る。

恐る恐る上目で見上げたゲイルは見たこともない表情で虚空を見つめている。

ぶつぶつ。

ぶつぶつ。

「複数。複数の……魔王、シリーズ……」

……ぶつぶつ。

「あ、あの……」

それっきり黙ってしまったゲイルを、首を垂れたまま直視できないギムリー。

ダメだ。失敗したか？　と後悔し始めているギムリー。いまさらながら、ドキドキと心臓の音が聞こえる。本当に、全て正直に話して正解だったのだろうか、と。

だってそうだろう？　強力な呪いをまき散らす呪具だ。……だれが好き好んで魔王シリーズなものなどに関わりたがるというのか。

かの帝国とて、自爆兵器の扱いであれを持っていたのは間違いないのだ。

しーーーーーーーーん。

ついに、モーラ達の寝息のほかには、ゲイルの静かな息遣いが聞こえるのみ。

ギムリーは自らの心音に、耳が痛くなる思いだった。

（やはり、無駄か……）

無理だろう。

無茶だろう。

無意味だろう。

だが、言い切った以上、ギムリーにはもう何も言うことはない。

ただ、ただ、ゲイルの言葉を待つ。

教会すら匙を投げた、強力な呪い――魔王シリーズに関わってくれなんて、そんなバカげたお願いを聞いてくれる人物などこの世にいないと知っているはずなのに！

誰もが恐れ、

誰もが忌避し、

千年待ってもそんな人物は、あらわれなかった――！

それでも。

もしかしたら、ゲイルなら。ゲイル・ハミルトンなら――――！

「魔王……『魔王の心臓』クラスが複数」

何やらぶつぶつ言っているゲイルの言葉に冷や汗が流れる思いのギムリー。

魔王シリーズのことは里の者以外には極秘なのだ。それを明かしたことすら禁忌に近い……。

だが、顔面蒼白のギムリーとは違って、ゲイルの頭の中はお花畑状態だった。

今のゲイルの頭のなかには、温かな草原で、キャッキャウフフ♪と、魔王シリーズと追いかけっこをしている自分がいた。

最高のデザインの『魔王の心臓』。それクラスが複数あるという。きっと、素敵だろう。

そのデザインを活かして新作を作れば、きっとゲイルの呪具屋も大繁盛。お客さんいっぱいいっぱいでウッハウハ！

そして、モーラもシャリナも常連さんになっちゃって――「ふひひひ」声を上げて笑うゲイルに、ギムリーがビクリッと震えていることにも気づかず、さらにさらにと、パーッと広がっていく『魔王の心臓』由来のデザインがポヤンポヤンと浮かんでは消え浮かんでは消え、インスピレーションを掻き立てる。

うん。

湧いてきた。

降りてきたぞ……！

——インスピレーションの洪水だぁぁぁああ！

きっと、このデザインならゲイルの呪具屋も大繁盛間違いなしである。

それはきっと素敵な光景に違いない！　呪具師としてのさらなるステップアップと商売繁盛!!

「ギムリーさん」

「は、はい！」

うん、うん、うん!!——————断る理由ないじゃん!!

「詳しく聞きましょうか」

ニチャァア……！

とっっってても、素敵な笑みを浮かべるゲイルに、顔を上げたギムリーが思わず硬直する。

……や、やっぱなしにしようかなーと思うほどに、子供のように艶やかな笑みを浮かべるゲイルがいたとかいなかったとか——。
※　※　※
「さ～て、お茶お茶ぁ。あ、なんかお茶請けもあったかな～っと」

いや～新しい呪具かー、と上機嫌のゲイル。

ふんふんふ～ん♪　と鼻歌交じりで住居の方に駆けていく。

ほんッと呪具が大好きなのです。

「はー………。あ、あはは、拍子抜けしました……。まさか、何事にも心を動かされないかと思いきや、まさかまさかでしたよぉ」

ツンッと、指ではじくと、『魔王の心臓』は、思ったよりも重々しい感触。

かつては、触れただけで命を吸ったとされる最悪の呪具も、今ではこの通りだ。

「魔王シリーズ……」

あんなのが欲しいなんて、ほんっと変わってる。

あれから、二つ返事で了承したゲイルにギムリーの心労が一気に減ってしまった。

「……だけど、まさかこれを扱える人間がいるなんて――」

リズネットを泳がせておいたのは正解だった。

だけど、予想外は予想外だ。ギムリーの当初の予定では、リズネットが『魔王の心臓』を持ち帰るところを追跡し、残りを奪うつもりでいたのだが……。

――魔王シリーズをすべて集めよ。それがダークエルフに課せられた試練。

だけど、

「……その必要すらなくなっちゃったわね」

なぜなら――。

「……ギの字、お前――」

「あら、シャリナ——起きてたの？」

床に突っ伏したまま、片目だけ開けて器用に見上げるドワーフ少女。

「ふん。とっくに気付いとったくせに、白々しい」

「シャリナに言われたくないですねー。狸寝入りして一体どうしたんです？」

よっこらせっ、と体を起こすシャリナが頭をバリバリと掻く。

「……前にも言うたかも知らんが、事情はなんとなく察したったわ——せやけどな」

ジッ、と奥のキッチンに立つゲイルの背中を見るシャリナ。

「……アイツを危険な目に遭わせせんなよ？　得難い人材やでぇ」

「あらあら、シャリナにしては珍しいですね。男に執着するなんて——惚れました？」

ボッ！　と顔を赤くするシャリナ。

「あ、あっほぅ！　誰があんなヘタレちんこ！　そ、そういうんやないッちゅうに！　あ、アイツの呪具師としての腕前をやなぁ」

ぶぁっくしょ～ん！　奥でゲイルがくしゃみをしている。

くすくすくす。

「はいはい。そういうことにしておきますよぉ。……でも、そうですね——危険かどうかはわかりませんが、」

そっと手をのばし『魔王の心臓』を掌にのせると、それ越しに夜空に輝く月を見透かすギムリー。暗殺装束に、『魔王の心臓』の影を映した月光が実に怪しく、幻想的に少女を照らしていく――。

「ギムリー、お前……」

ふふ。

「――なんとなくですが、ゲイルさんなら、どんな危険でも――ほい、ポンッ♪　って解決しちゃいそうな気がします」

そう。呪具師ゲイル――。『魔王』の呪いに挑む、選ばれし戦士――……。

「ふんッ。まぁええわ。……決めるのはゲイルやしな――ウチはウチで、アイツには好きにさせたりたい」

……呪具のセンスだけは改めさすがな――。

「くすくすくす。シャリナってホント苦労人ですねー」

ドワーフとダークエルフ。本来水と油な二つの種族。

「どあっほぅ！　茶化すな!!……ま、なんや――ちゃんと帰って来いよ？　エルフっちゅうのは、気に食わんが。……ま、おまはんが、ようやっとることは知っとる」

「ふふ。シャリナってば素直じゃないですねー」

けッ！　あっほらしい――！

「ふんッ。下手なアホぉが、冒険者を仕切るよりはマシっちゅうだけや。……ゆーて、冒険者はうち等にとってもお得意様やからな」

「はいはい。そういうことにしておきますよ――っと、そろそろゲイルさん来ますよ？」

わぁ～っとる。

「ゴガー！　グォォオオ！………」

「ん？　誰と話してたの？　シャリナ起きてる??」

「いえいえー？　ただの寝言ですよ、きっと」

そう寝言。

お茶を入れてきたゲイルを尻目に、シャリナは寝たふりを続けるのだった。

そうして、もう一人も小さな寝息を立てつつも、そっと目を閉じたことに気付きつつ。

※　※　※

「ギムリーさま」

冒険者ギルドに帰り着いたギムリーはどっと疲れてベッドに体を沈めていた。

そこに音もなく忍び寄る黒い影がそっと語り掛ける。

それには特に反応もしないで手をピロピロと振る。

「早かったわね。……悪いけど、疲れてるのよ。それ、持って帰ってくれる？」

それ。ギルドの奥に隠されていた厳重に封印された手提げ金庫を指すギムリー。

どうやら、かなりの大金が入っているらしい。

触れたものを呪縛する呪い付きのせいか、どこか禍々しい雰囲気すら漂って見える。

「よ、よろしいので？　里から持ち出すために相当な努力をされたとお聞きしておりますが――」

努力……。努力ねぇ。

ふふふ。

「まさに無駄な努力というやつよ」

ゴロリと仰向けになるギムリー。

額に当てた手をそっと虚空に伸ばすと、そこにゲイルの面影を見る。

「呪具師——呪具師のゲイル、か。……ふふ、ほんと変わった奴ね。まさか、お金も身体もいらないなんてね——」

奴が望むなら、自分を犠牲にするのも厭わなかった。

里から持ち出した金銀財宝すら提供してもいいと思っていた。

なのに、

「ま、まさか……⁉　ギ、ギムリー様、もしや」

わななく影。

「そうよー。……最後の手段として私自身をささげてもいいと言ったのに——」

それでも。

それでも、眉一つ動かさなかった男——。

『いや、ホントそゆのいらないから』

「ぶっ殺すわよ‼」

びくー！

「す、すみま、せん？」

「あ、ごめん。……違うのよ」

ちょっとイラッと来ただけ。

「まぁいいわ。……ひとまず上手くいったしね。アナタは先行して、受け入れ態勢を整えてね」

「は、御意に――それと、定期報告はこちらに」

スッと、ダークエルフの符牒で書かれた書状を置くと、しゅっ！　と闇に溶けていく影。

そのあとには件の金庫が消えていた。――カサッ。

「………ふーん。魔物がねぇ……。タイミング的にどうなのかしら？」

報告書には燐が塗られていたのか、ギムリーが読み終えると同時にボッ！　と青い炎を上げて一瞬で燃え尽きた。だが、内容は既に頭にある。

「魔物の活発化、か――」

なるほど。これは色々と、無関係ではなさそうだ。

近隣で活発化する魔物とベヒモスの暴走。――そして魔王シリーズ。

どうやら全て繋がっている。……そうとも、千年もあの魔王がおとなしくしているはずがなかったのだ。そもそもあり得ない事態の連続。

ここ数日で、ベヒモス、ソーサラー、コカトリス、そして死神……。

それぞれ、災害指定種がこんな短期間に出現したのだ。

どう考えても、裏で何かが起こっているのは間違いない――。

そして、その中心にいるのが……。

「……ゲイル・ハミルトン」

あの呪具師を中心に何かが起こりつつある？　それとも偶然⁉

「まさか、ね」

そんなアホなと思いつつ、ヘラッと笑ったあのとっぽい兄ちゃんの顔を想像するギムリー。

だけど、

「……たしかに、シャリナの言葉じゃないけど、里に行くだけで消耗させていい人材ではなさそうね――」

もっとも、ギムリーの目的は今も昔も変わらない。

ダークエルフ、千年の悲願……。

――魔王シリーズからの解放。

「……なら、問題は山積みねぇ」

ギッ。ベッドから起き上がると、執務机に向かって青写真を引くギムリー。

(――これは、失敗するわけにはいかない……)

カリカリッ。

カリカリカリッ。

幾重にもペンを走らせ頭を悩ませる。

ギルドの情報網とダークエルフの諜報網を駆使して、最適解を。

呪具師。

呪具師ゲイル――。

「奴の性能は折り紙付き。……だけど、とんがりすぎ」

戦闘力は皆無に等しいのに、呪具は災害指定種すら滅する威力を持つ。

最弱にして最強――……。

　バキッ!!

「っていうか、なんで、そんな奴が専用の装備とか持ってないのよ！」

思わずペン先を折ってしまう。

……ほんと、今まで、どうやって生きてきたっての――？

「はぁ、さすがにゲイルさん単身で連れていくわけにはいきませんしねー」

虚空を見上げて、ポリポリ。――あーだめ。やり直し、やり直し。

ダークエルフだけなら、最短距離を駆け抜ければいいだけだ。国境をすり抜け、魔物の巣をくぐり、山を越えればそれで済む。……だが、ゲイルはそうはいくまい。

――いくら規格外でも、所詮は後衛職だ。

「そのゲイルをいかにして安全に里まで護衛するか――。まいったまいった。それが問題だわ」

本来、強行軍に後衛職なんて足手まといでしかない。だが、その足手まといをなんとかして安全にダークエルフの里まで連れていく。……これは、思った以上に難儀だ。

「う～ん。里までの日程を一週間ほどとみて、準備も整えなければならないわね」

安全第一。

「経路は街道(かいどう)を主に使いつつ、川を下って、船を使って内海を抜ける――」

そのあとは密林(ダークネスフォレスト)越(ご)え、か。

「いやはや。これは思ったより無理難題ですねぇ」

頭を悩ますギムリー。かといって、護衛にファームエッジの冒険者(ぼうけんしゃ)を使うこともできない。

里の人間ならなおのこと――。

「う～ん。最低でも前衛が一人に支援(しえん)がもう一人。……それも、事情を知っていて、義理堅(ぎりがた)く、戦闘(せんとう)にうってつけの人物………」

そんな人間いるわけない――――………あ。

「あはッ。いるじゃな～～～い」

ぽんっ！

手を打つギムリーが闇の中でニヤリと笑う。そして、声を立てずに、くすくすと――。

これは悪だくみをしている時の顔なのだが、それを知るものは一人もいない……。

第2話「ザ・責任者たち」

「で、ウチか～い⁈」

冒険者ギルドの中でムガー！　と唸(うな)っているのはシャリナその人。

隣(となり)にはモーラとリズネットの姿もある。

「ど、どうしたんだ？」

「ど、どうしたもこうしたもあるかい！　こ、こ、こ、この性悪女がなぁ！」

ピロピロピロピロと、何かの小冊子を手にシャリナを挑発(ちょうはつ)するギムリー。

「性悪ぅ？　私はただシャリナの遺言(ゆいごん)をですねぇ」

ゆ、遺言⁇

「お、穏(おだ)やかじゃないなー」

「そうよ、遺言ってなによ？」

興味津々(きょうみしんしん)のゲイル＆モーラ。

って、

「あ、あー！　なんでもない‼　なんでもないっちゅうねん‼」

真っ赤な顔でギムリーの首を押さえるシャリナ。しかし、まったく意に介(かい)さず、小冊子をパ

S Rank party
kara kaiko sareta
[jugushi]

ラパラめくると、ニヤァと笑うギムリー。それを背後から覗き込むリズネットが珍しくドン引き、

「あ、あー。これはちょっと、いや、かなりドギツイです……ぶっちゃけ引きます」

なんか知らんが、ドギツイらしい。タイトルをチラ見すると、「なんとか×なになに」というのがチラリと見える。たしか、流行りの演劇の俳優だったと思うけど――。

……すげぇ、地雷の匂いしかしない。

「『お、おう、入れるぞ♡』って、すっごいわねこれ」

「『や、優しくしろよ――♡』って、この顔でいわれてもドン引きですねー」

「読むなぁぁぁあああ！　読み上げるなぁぁぁあ！」

シャリナ涙目。モーラも何かを察して顔を伏せる。……これは恥ずかしがってる？

「あ、そっちもお勧めですよ。まだまだシャリナ極秘シリーズは奥にいっぱい――王子様と大公とかシリーズもので……いや、尻ーズ？　ぷぷー！」

ウケケケと悪い笑顔をするギムリーと顔を赤くしながら冊子を覗き見るリズネットとモーラ。

「ぎゃぁぁぁああ！　見るな、取るな！　タイトル言うなぁぁぁああ！　つーか、シャリナぁああ！　なぁぁんで隠し場所知ってるんやぁぁぁああ！」

メキメキとフルパワーでギムリーを締め上げるシャリナ。

よほど知られたくなかったのだろう――……うん、あえて聞かない。

「あーあーあー！」

聞こえなーい！　ＢＬシリーズのドギツイ薄い本のことなんてゲイルは知りませ～ん。

「……っていうか、シャリナが完全武装でここにいるってことは、」

もしかして――。

「あ、そうですよ～。里までは、シャリナを前衛に連れていきますねー」

……は？

「く、コイツぬけぬけと……」

ムギギギと歯噛みするシャリナ。装備だけでなく、旅荷物までも整えているところを見るに、すでに話はついているらしいけど――。

「え？　いいの？　シャリナって、ギルドマスターじゃ」

「ええわけあるかい!!」

だよねー。

「それを言うなら、私も冒険者ギルドのマスターなんですけどぉ？」

「あ、俺も呪具屋のマスターか」

うんうん。

責任者軍団勢ぞろい――。

って、

「お前らんとこは繁盛しとらんからええやろがい！」

「「殺すぞ、てめぇぇぇぇぇ！」」

びくぅ！

「……お、怒んなや――――悪かった……って、怒るのはウチやっつぅのぉお！」

あーもー！

「くっそー。約束は約束やから行ったるけどなぁぁ！　ウチも、ホンマ忙しいねんやで!!」

「な、なんか悪いな」

たしかにシャリナの戦力はあてにできるけど――。

「ほんまやで――ったく。……まぁ、ウチ一人抜けたくらいでガタガタしよるようなギルドやあらへんしな。それに、そうしていかなあかんからええ機会ではあるけど、」

チラッ。

「ギムリー。約束忘れんなよ？」

「はいはい。大丈夫ですって」

約束？　脅しじゃなくて？

「あはは。まさか、さすがに脅したり、ハメたりしただけでシャリナを連れて行こうなんてしてませんよ」

ギブ&テイク。――ピッ！　と指を立てるギムリーはなんでもないようにいう。

「ふふん。……うちの里で産出する鉱石をシャリナの工房に卸すことにしました。門外不出ですけど、事情が事情ですしね」

へー

「ふんッ。こいつがふかし扱(こ)いとる可能性もあるからな——ウチが直接見に行った方がええっちゅうわけや」

「シャリナさんが直接見に行くほどのものなの？　何の鉱石⁇」

「オリハルコンです」

「へー」

「へー」

オリハルコンかー。

へー…………。

へ⁇

モーラがゲイルと顔を見合わせて、

「————オ、オリハルコンんんんん⁉」

反応の薄いゲイル達(たち)をよそに一人で飛び上がるのはモーラだけ——。

「って、なんで皆驚(みなおどろ)かないのよ‼　とくにゲイル‼」

「え？　驚くとこ？」

「ゲイル様が驚いてないので、驚かないですよ？」

お前は自分の意思ないんかーい！

「ないです！」

くっ……。

「ま、こいつはともかく、ウチは昨日話が来た時点で驚いたからな――――とはいえ、モの字の反応が普通やでぇ」

「そうなの?」

「そ・う・な・の!!」

ったく……。

――オリハルコン。

それは、伝説級の鉱石で、剣に打てば、その価値だけで城が建ち。

その装備で、身を固めれば万戦危うからずと言われる最高の硬度をほこる鉱石だ。

「へー」

「へー……っておまッ。んんん……まぁええわ。それよりそんなもんがギムリーの里にあるっちゅうのがそもそも疑わしいが、まぁ、コイツはしょうもないウソはつかんやっちゃしな」

「しょうもなくない嘘はつくように聞こえますよぉ」

……事実やろが。

「つーわけでや、なんや事情は知らんが、ギムリーの里帰りにウチも同行することになった。よろしゅうな」

ゴンッ! と拳を作って、無理矢理モーラとゲイルに合わせる。

どうやら、メンバーはギムリー、シャリナ、モーラ。そして、ゲイルらしい。

ん? リズネットはって?

「留守番」

「なぁっぁあああ！　なんで⁈　嫌です！　ゲイル様と一緒に生きますぅぅうう！」

「いや、誤字すごいよ？」

「多分、わざとよ」

いやですいやですいやですぅう！　と涙目のリズネットだけど、ゲイルにはゲイルの事情がある‼　だって、

「お客さん来たらがっかりするでしょ‼　在庫いっぱい置いてきたから店番してて！」

「やだぁあ！　お客さん来ないじゃないですかぁっぁあ！」

「そんなこと――」

――んだとごらぁぁぁあああ‼

「誰の店が倒産間近の株式会社じゃぁっぁあああ！」

いやいや、そこまでは言ってない……。

だが、認めん。リズネットにはゲイルの店を守ってもらわなきゃ困るのだ！

「嫌ぁぁぁああああああ！」
※　※　※
「すっごい声で泣いてたわよ？」

「んー。でも、ギムリーさんやシャリナと違って、ウチは小所帯だからな――誰かお店に残ってくれないと……」

留守番を任せられる人材が何人もいる二人と違って、ゲイルにはリズネットしかいないのだ。

「ならいいけど――ふぁぁあ、馬車は久しぶりね」

ゴトゴトと揺れる馬車の振動に眠気を誘われつつ、

「そういやそうだな？」

馬車にのるのはファームエッジに来る前にモーラと一緒に旅をして以来か。

ちょっと懐かしいな……。


ガラガラガラ……。

ゴロゴロゴロ……。


穏やかな車輪の音を立てるのはファームエッジから離れる道をゆく、数台の馬車で構成されたキャラバン。目的地は、やや北寄りの西。

王国より離れた巨大都市、帝都にほど近い商都エンバランスへ行く車列だという。

主な積み荷はファームエッジ産の農作物。そして、ワインだ。

「ぷはー！　うっまいな～！　旅の空やとなおのことやなー」

そして日が高いうちから、その商品のワインを安値で購入し、飲み干すはシャリナちゃん。

「……ほどほどにしとけよ？　まだまだ先は長いっていうし」

さすがにゲイルは自制して、暇な道中を内職して過ごす。

帰ったときに店の商品追加しないといけないしね――へへ。

「そんなに売れてるとは思えないけど」

「うるさいなー」

ちなみに、ギムリーがお金を出してくれたので、料金はただ。ただはいいねー。もっとも、専用の馬車ではなく、荷物も載っかる乗合馬車だ。良い点は、ほぼ貸し切りなことだけ——もっとも、半分は荷物で埋まっているので居心地がいいとは言えない。

「はんッ。だから、飲んどるんやろが——やることあらへんしな」

「はいはい。シャリナは好きにしてていいですよー」

ピョコン。隙間がなかったので、馬車の幌の上にいたギムリーが器用にも足だけで体を支えて、馬車をのぞき込む。

「言われんでも好きにするわいッ」

ぐびー。

まだプリプリ怒っているシャリナ。

どうやら、ギムリーに奪われたＢＬシリーズのことで恨んでいる様子。……尻ーズ？

「しつこいでー」

「くすくす。仲いいんだか、悪いんだか——で……。言われるままに来ちゃったけど、アタシ、まだ詳しい話知らないんだけど？」

「ありゃ、そうなの？」

そういや、ギムリーの事情を知っている人ってどのくらいいるの？

なんだっけ、魔王の呪いとかなんとかいう——中二病を発症した一族を助けてくれだっけ？

「殺しますよ？」

さーせん。

「……えと、モーラさんに頼みたいのは護衛任務ですよ。護衛対象は主にゲイルさんと私です」

「あら、そうなの？　それなら、二人についていけばいいってことかしら？」

相変わらず理解早いな。

「イエス！　詳細は後々話していきますが、なにせ里が辺鄙なところにあるもんで——」

辺鄙……？

「ちなみにどこ？」

「あ、ダークネスフォレストです」

へー。

「あーそりゃ遠いわね。急いでも数日はかかるわね——…………ダークネスフォレスト⁉」

……………はい⁇

「はい」

「え？　それって、あのダークネスフォレスト？」

「あのが、どのあのかは知りませんが、その地名は一つしか知らないので、たぶんそれですねー」

ん？　知っているのかモーラ⁇

「え、え〜っと……。もしかして、伝説の王国の師団が消滅したとかいう、あの森？」

「伝説⁉　あー……そんなこともありましたね。別に伝説でもなんでもないですよ？」

ホワッツ？

「……さらに、古代竜が眠るとかいう……あの森？」

「ん～……。眠るというか、巣作りしてますね。時々、ふもとの村人をパクつくくらいで危険ではないですよ？」

ぱーどぅん？

「ま、まさか、ふ、踏み入れたら、生きては戻れないという――別名、死の森の、あの森？」

「別名かどうかまでは――……⁉　それに、普通に出入りしてますよ？　まぁ、不届き者は里の連中が始末していますし――そもそも、モンスターが食べちゃいますからねー」

へー…………。

「ぶ、物騒な里ねー。あはは、ギムリーさん冗談がうまいんだかららー」

「お、おう、モの字のいう通りやでぇ。ギムリー、冗談はほどほどにしとけよ」

あはははは。

そんなやばそうなとこに里⁉

そんなん、Sランクパーティを5個くらい雇わないと無理無理――。

「ん？　冗談のつもりはないですよー？」

あははは。

あははははは。

あは――……。

「ち、ちなみにランクでいえばどのくらいのクエスト？」

そ、そうそう。こういう不穏(ふおん)な話はランクで例えれば、だいたいわかるんだけど――。

「ん～。Sランククエストくらいはぶっちぎるんじゃないですかね？――そもそも、ランク外なんですよ。ウチの一族以外入ったことないので」

てへへ。

「ギムリーさん」

「ギムリーさん」

「ギの字よ」

ぎぎぎぎぎぎぎ……。

き、

「「「聞いてねーーーーーーーーーー！」」」

あははははははは！

「言ってませんしー」

「あっほぅ!! そないな危険地帯って聞いとったら行っとらへんでぇえ？」

「いやー。聞かれませんでしたしぃ」

「いやいや無理無理!! 前衛シャリナさんしかいないじゃない!!」

「ウチを前衛としてあてにすんな!! 鍛冶屋(かじや)や言うてるやろ!!」

「それを言うなら俺だって呪具師だ!!」

ぎゃーぎゃーぎゃー！

「あ、あのー。キャンセルしていい？　その……私じゃ力不足かと」

おほほほ、上品に笑って馬車を降りようとするモーラ。

「あ！　ずるいでぇ！　ウチも帰る！」「お、俺もやっぱ遠慮しとこうかなー」

「ダメで〜す！　あはははははは！」

や、やだぁぁぁあああああ！

「無理無理無理無理！　聞いてない！　聞いてないよー!!」

「ダメダメダメダメ!!　私、支援術師よ!!　戦闘とかそもそも無理ぃぃい！」

「それゆーたら！　ウチなんか冒険者でもなんでもないでぇぇぇえ！　つーか、聞いとらへんわ、そんな話ぃ！——た、ただの里帰りちゃうんかい！」

どこの里だよ！　それ郷里の里やのーて！　狂気の沙汰やろがぃぃいいいい!!

「あはは、うまいこと言いますねー」

「なに笑てんねん！」

だいたい、なんやねん、古代竜って！

村人パクついとるやないかーい!!

「いやー。ウチの里の、じゃないですよ？　麓っていっても、森を監視している人族の集落です」

へー。……って、一個も安心情報に聞こえないんですけど――!!

「え?! ちょっとまって。も、森を監視って……。そ、それって、あれでしょ!? ダークネスフォレストの魔物の侵入を防いでるっていう……砦。フォ、フォート・ラグダじゃないの?!」

辺境伯の守る天下の牙城――。

「あー。はいはい。そういう名前でしたね――たまに、バンバンッと、バ、リ、ス、タを撃ってますねー」

い、いやいやいやいやいや!!

それ、村人ちゃうやん!! それ、絶対軍人――つーか、辺境の戦いに特化した騎士でしょぉおおお!!

……っていうか、普通に古代竜と戦ってるんちゃうんかーい!!

バリスタ撃っとるやないかーい!!

「無理無理！ そんなとこ無理ぃ！」

「そ、そーよ！ もっとちゃんとしたメンバーでいかないと!!」

「せ、せやで！ ウ、ウチ本職の前衛ちゃうでぇ！」

あはははは。

「大丈夫、大丈夫。軽装でも大丈夫ですって――多分？」

多分ってなんやねん!!

「いやー大丈夫ですってー。……むか～し、森を支配しようとした馬鹿な軍隊がマルっと食べられちゃったくらいで」

　って、それも古代竜か－い！

「ひ、人の味覚えちゃってるじゃないのぉ！」

「え？　例の伝説の一個師団食べたのぉ?!」

オーノー！　と頭を抱えるモーラとゲイル。

「っていうことは、」

「重装備の騎士が大好物ってかぁぁあ?!」

「なるほどなぁ――だから軽装……ってアホかぁっぁあああああ!!」

どんだけ!!　どんだけぇぇえ!!

「いえいえ、師団じゃなくて――旅団ですよ？　さすがに一万人は――」

あははー。

「「「全然！」」」

全然、大丈夫に聞こえない!!　むしろ一個旅団食っとるやないかい!!　つーか、

「アンタなんで知っとるね～ん！」

「え？　そりゃ見てま――あ」

パンッ！　お茶目に口を押さえて、てへへと笑うギムリー。「歳ばれちゃう♪」ってかぁぁあ！

全然可愛くねーよぉぉぉおおお！

「ツんだとごらぁ！」

「そこは拾わないの！」

スパ～ンとモーラのはたき。

その見事さもさることながら、ギムリーが普段通りなのが怖い！　逆に怖い！

死地に向かうみたいで怖いー！

「あ、ちなみに、当然馬車はそのルートを通りませんよ？　その砦（？）のほうも、民間の人は立ちいれませんし――」

……いや。なにシレッと重要なこと言ってるねん!!

「いやいやいや！　なおのこと無理、無理！　無理寄りの無理!!」

「あっほぉ！　つまり、それって、王国法かなんかに引っかかるやつやろが!!」

――大丈夫ですって。

「森自体の立ち入りはどこも制限できませんよ？　そもそも、人族の国ごときがどうこうできるわけないですしねー」

「全ッ然、大丈夫に聞こえんわ!!　あーもう、酒がまずぅなったー!!」

そう言ってワインがぶ飲み。一本丸々あけると、ブンとギムリーに投げつけるように放り投げるシャリナ。その、パリンと割れる音を聞きながら、頭をガシガシ掻いて床に突っ伏すと、

「ウチは寝る!!」

あ、死んだ。前衛が不貞腐れた――もうダメ、死亡フラグにしか見えない……。

「大～丈夫ですってー、たまに里帰りもしてるんですよぉ？」

「そんなハードな里帰り聞いた事もないわよ！」

Sランクパーティを連れて里帰り。

森には一個旅団をパクついた古代竜が――って、どこのラノベのタイトルやねん!!

「もー。みんな心配性ですねぇ、最短で行けばすぐに帰れますって――」

「最短で人生終わるフラグしか立っとらんわ。……あーもードエライ仕事ひきうけてしもうたもんやでぇ」

つっぷしたまま、うじうじと言うシャリナ。まぁ気持ちはほぼ全員一緒――。

「あはははは―」

このあっけらかんと笑うダークエルフを除いてね！

そうして、こうして、馬車での行程はひとまず終わり。

話をしつつ、目的地に到着したゲイル達。

「さーて、ここからは乗り換えですよー」

なんかのツアーアテンダントのように、ノリノリで案内の先頭に立つギムリー。

なるほど、馬車はいつのまに大河の傍の休憩所に向かって停止するところであった。

「一応、旅の手筈はある程度整えておきました。荷物の積み込みが終わったら、馬車と同じように余積に乗ってください。馬車と違って川船は快適ですよぉ」

なるほど。ギムリーがいうように、馬車から荷物を移しかえる人足が複数。

どうやら、ここからは予定していた川下りのルートらしい。

——カクタスリバー。

農業都市近郊を流れる大河で、王国の海の玄関口——内海までつながっているという。

「え～っと、あの船がそうですね。ささ、はやく乗っちゃいましょう」

どうやら事前に予約していたらしい。

荷物を積み込んだ川船の船頭がギムリーに気付いて手を振っている。

「お、押すな押すな、言われんでも逃げんからぁ！」

「あははー。シャリナは今にも逃げそうなので、一番にのせちゃいますねー」

よく練った計画らしく、ギムリーが指さす先には川にかかる大橋の下に設けられた船溜まりがあり、そこには荷物を満載にした川船が幾艘も並んでいる。

そのうちの一艘。中型のそれにさっさと乗り込んでいくギムリーとシャリナを追ってゲイル達も川船へ。私物の荷物を、船頭の手を借りつつ載せてもらってこわごわと舟板に足を置く。

おっとっと。

「お、おおー。結構揺れるな。おれ、川下りって初めてだ」

「わ、私も！」

おっかなびっくり乗船する二人。

だけど、最初こそ揺れたものの、一度席についてしまえば揺れはそれほど感じなかった。

日よけの幌の中に入ると、たしかに居心地は悪くない。

むしろ、馬車と違って常にガタガタ揺れることもない川船は、なるほど……快適そうだ。

「……お前ら、ちょっと楽しくなっとらんか？」

ギムリーに無理矢理ひっぱりこまれたせいか、ゲンナリしたシャリナ。

まぁ、前衛はシャリナ一名なので、古代竜云々を聞くと、今のところ一番危険なのは彼女だしね――。

「まぁまぁ、森の近くまで行けば何とでもなりますよ」

「お前の言うことがアテにできんことはよーわかったさかい、黙っとき――」

シャリナは、もはや諦めの境地だ。早速ゴロンと寝転んで不貞腐れている。

「……ちっ。オリハルコン手に入れたら、ウチは速攻で帰るからな!!　あと、マジで安全なルートなんやろなぁ⁈」

「え～っと、」

全ての荷物が積み終わったのか、スルスルと川船が進みだす。

馬車よりも揺れは少なく、川の水音が耳に心地よい。

「そろそろ、よさそうですねー」

バサリ。――船の周囲を念のため確認しつつ、さらに、船の奥の方に移動すると、シャリナの頭をまたいで、地図を広げるギムリー。

「またぐな！」

「えへへ」

「褒めとらん!!」

ったく、とブツブツ愚痴を言いながらシャリナがどんよりとした顔を上げる。

その目の前には、ギムリーのものらしき書き込みも、いっぱいある。

どうやら、ギルド謹製の地図。

「――ほんとは見せちゃいけないんですよー。皆さんは特別ですからねー」

「おー」「おぉー」

ゲイルとモーラの感心した声。ギルドでこの手の情報を買うと高いんだ、これが。

「……何なの、この――ところどころにある、かわいいイラストは？」

「手書きの情報で～す」

「あ、これ。モンスターとかダンジョンの情報か――」

――って、うぇぇぇぇえ！　いいのこういうの⁉

「ダメですよー。本来有料です」

「うっそ、これ凄いわ」

モーラはそのすごさに気付いたらしい。これ……ほぼ、ギルドが把握している近隣地域の情報を網羅している地図。……いや、ギルドどころか、それ以上の情報だ。

「ふふ。見たら忘れてくださいねー。では、まずここ――」

こそこそと耳打ちするようにいたずらっぽく笑うギムリー。

「わ、忘れらんないわよ、こんなの……」

「っていうか、地図古いなー」

「見たこともない地名もあるでぇ」

年長者のシャリナも知らない情報――。

モーラのひきつった顔を横目に、指でなぞっていくギムリー。

どうやら、ダークエルフ推奨のルートらしい。

「……って、年長言うな!!」

ゴンッ!

「いっだ!」

「まぁまぁ、ダークエルフ千年の知恵というやつです」

それによれば、ファームエッジから、街道を北上し、川を渡った先に大山脈があってその麓にダークネスフォレストがある。今回はその川を下っているわけで、かなりの大回りルートだ。

「って、おまはんいくつやねん!!」

「ニコッ」

笑ってごまかすなよ……。

「コホンッ。それよりも、はい。――ほかにもルートはいくつかあるんですけど、今回は比較的安全で短いルートでいきましょうか」

ゲイルさん達もいますしねーと、ギムリーがいう。聞けばギムリー一人なら、直進して向かうそうだ。もちろん、国境や砦はこっそり潜り抜けるらしい……うん、無理。

「へーへー。どうせ後衛職ですよー」

「すねないの。適材適所よ」

モーラのは、慰めなんだか自嘲なんだか――あ、フォート・ラグダみ～っけ。

「で、今いるこの川――カクタスリバーまでは馬車で来ましたが、そこから先は軍の管轄なので、見つかると面倒なので今回はこう――ぐるっと軍の哨戒圏を回って、その外を抜けます」

そう言って、街道から遠ざかったコースを指し示すギムリー。

川を渡るのではなく、下っていき、一度海に出てから、森を大きく迂回するルートだ。

「は？……どこの軍か知らないけど、哨戒コースばれとるやん」

「え。っていうか、そういうの聞いちゃっていいの？」

顔を突き合わせるゲイル達が恐る恐るギムリーを見る。

ニコッ
……おっふ。

「そ、その笑顔やめて」

「えへへ」

「はー……ダークエルフって怖いわね」

えへへ。

「「褒めてない！」」

「で――あとはここ。ここと、ここも厄介なとこなので迂回していけば、ようやく里です」

なるほど。森の反対側なら砦もなにもないからな――。

このまま川を下って河口まで向かい、港で別の船に乗船。あとは内海を突っ切り反対の港についたならば、いよいよ密林に突入するという。

そうして。……道なき道を行き、ようやく里へ着く——。

「うわ、結構な旅路ね」

「そうなっちゃいますねぇ。まぁ、あれですよ。ほとんど馬車と船を乗り継ぐので歩く距離は実質そう多くはありません」

……おそらく、ゲイルたちの体調などを鑑みてギムリーはそのルートを取ったのだろう。フィールドをえっちらおっちら歩いていくよりは危険も少ないと——。

「ふ〜ん、たしかにそのルートなら森まではほとんど歩くことはなさそうね——あ、このマークは？」

予定ルートを指でなぞるモーラが、川下りの途中にあるマークで手を止める。

半円に縦三本線の変わったマーク。

「どれです？　え〜っと……あぁ、今日の宿営予定地の温泉ですねー」

「温泉？　あ、あの温かいお湯の湧く泉？」

王国は平地が多いので温泉とはあまり縁がない。

「あはは、その解釈はだいぶアレですが、まぁ間違ってませんね。……要は、大きなお風呂ですよ」

「「お風呂！」」

ガバッ！　と顔を上げる面々。

「おーおー。ええやんけ。こないに近くに温泉あったんか、ウチ知らんかったでぇ」

「シャリナは引きこもりすぎなんですよ――ドワーフは温泉好きですもんね」

「アッホゥ！　温泉嫌いな奴おるかいな！　地元の山やと、よー湧いとったでぇー。そこにドロッドロのまま入って、酒をかっ食らえば――かぁぁ……！　極楽極楽ってもんやー」

「……シャリナには、お風呂の入り方から教えますすね」

「どーいう意味や！」

わいのわいの。

「あはは、私もちょっと楽しみ」

「んー。俺も大きい風呂なんて初めてだなー」

モーラもゲイルもそれぞれに楽しみを見つけて頬が緩む。

……もっとも、それこそギムリーの狙いなんだろうけど――。

「それにしてもこの地図詳しいな。……あ、ここ行きたい！」

「ん？　あー例の古戦場ですね。一個旅団が消えた――……本気で言ってます？」

「うん！」といーい笑顔のゲイルさん。

……絶対アンデッド素材目当てだ。

「――風呂ゆーたら、酒やろが……って、ゲイルぅ!!　お前はあほか！　誰が、そないなとこ行くっかぁ！　寄り道せんとさっさとやることやって帰るでぇ」

まったく。

「――しッかしまぁ～、ほんまウチも見たことないもんいっぱいあるなぁ？　このお前の里のとこにある、城のマークみたいなのなんや？」

あ、ほんとだ。森の中にお城あるじゃん――。

「あー、魔王城ですねー」

へー
「「「…………………って、魔王城ぉぉぉぉおおおおおお！」」」

え？　え？　ま、魔王城ってホントにあるん?!

「ん？　今はないですよ？　基礎くらいは残ってますけど、ほとんど解体して屋根とか壁にしました」

へー……。

「「「……って、解体したんか～い！」」」

しかも、屋根とか壁って……再利用したのかアンタら!!

「えへへ」

「褒めてねぇよ！」

いや、たくましいと褒めるべきなのかもしれないけどぉ！……こわっ！

ダークエルフ、普通にこわっ!!

「あーあーあー。……おとぎ話やと思っとったけど、ダークエルフとか、エルダードワーフが

「魔王の配下におったちゅうのは本当やったんやなぁ？」

「ええ。……といっても、大昔の話ですけどね――」

そういって少し遠い目をするギムリー。たしか、数百年前までは、彼らはその時の罪で被差別対象だったらしい。もっとも、人間は忘れっぽいうえ、死んだり生まれたりで、歴史の更新速度が速いのでそのうち忘れてしまって、「昔あったらしいねー」くらいに語られる程度。……だって、魔王が何をしたかもよくわかってないもん。

「つーことは、ダークエルフの里っちゅうのは、旧魔王城の麓にあるっちゅうことか？」

「そうですね。……内緒ですよ？」

パチッ、とウィンクするギムリー。

「……イラッとするから、やめぇ」

だいたい……内緒も何も、誰もそんな話、一個も信じひんわぁ!!

どこの誰が、ダークエルフは魔王城を解体して麓にすんでま～すって話を信じるてか？　は
は、笑い話にもならんつーの!!

「それにしても、ただの里帰りかと思ったら、こらぁ、壮大な話になって来たなぁ――うちはてっきり、もっとこう、お水キラキラ、森の香りが～ってのを想像してたんやけどな」

「あはは、シャリナ、ほんとそういうとこ乙女ですよね」

「そういうとこって、どういうとこや!!」

どうどう。話が進まなーい。

「それにしたって、ちょっと無茶なコースじゃない？　軍の管轄はともかく、それ以外にも、見たこともない道通ってるみたいだけど――」

ギムリーの指したコース。ダークネスフォレストまでの道のりは、ＯＫ――……ＯＫかこれ？

丘を越えて、木立を抜けて――……川を下って、内海を渡って――そんでもって、ダークネスフォレストの中に入ってからもグルッと迂回コース。

ぱっと見、障害物は無さそうだけど……。何この大冒険。

「いや、これ⁇　あほの子のコース？」

「誰がアホの子ですかぁ」

いやいや。海までの街道沿いはギリギリオーケー。

だけど、それ。海渡った先は、地図上をまっすぐ、ビヨ～ンと、人跡未踏の地やん。

「いや～。私は最短な道を行きたかったのですが、」

「いやいや、道だけじゃないわよ――」

しかもその直線上以外にも、見たこともない情報がい～～っぱい。

「この海の真ん中の――これなに？」

可愛いイラスト。…………イカ？

「あー。クラーケンですねー」

へー。

「「って、クラーーーーーーーーケーーーーーーーーーン⁈」」

あーうるさい。

「いやいやいや!! それ海の悪魔(あくま)の——?」

「そう言われてますねぇ」

「いやいや、それ伝説の化け物やんけ!」

「はは、大げさなー。ただのデカいイカですよぉ」

いやいや! 違う違う!!

「あ、あれでしょー。船とか沈(しず)めて人喰(く)うやつ!」

——ニコッ。

「………いやいやいや!! 無理無理無理無理!!」

モーラ全力否定。ゲイルもシャリナも無言でクビをぶんぶん。

「いやー。そうは言われましても、そんなしょっちゅう襲(おそ)われるわけないじゃないですか?

一応交易路なんですよ?」

「いやいや、しょっちゅうじゃなくても、たまに襲われてるってことでしょ?!」

「そうともいいますー」

ダメやん!! 伝説ちゃうやんッ。どっちかっていうと、隣(とな)り合わせの恐怖(きょうふ)やん!!

「あはは、モーラさんは心配性ですねぇ」

「アンタが楽観的過ぎるのよ!!」

あーもー! やっぱり帰るぅぅぅぅうううううう!

「あははー。船に乗ったら降りれませーん」

ギャーギャー騒ぎながら川を下っていくゲイル達。

ギムリーは水面に指を浸しながら楽し気にそれを見守るのだった。――どうやら、ギムリーの狙ったコース。一度乗ったら降りられないように計算されてもいたらしい……。

第3話「川下りと温泉と――」

りー
りー

草むらの奥で何かの羽虫が鳴いている。

その心地よい音に耳を馴染ませながらゲイルは風呂に浸かっていた――。

「っかぁー……最高」

主に、川下りの船頭らが休養に使うらしく、カクタスリバー沿いの船溜まりには意外と宿営施設が充実していた。人が集まるところには、金も施設も集中するものだ。

ちょっとした街のようになったそこは天幕やら、露店でなかなかにぎわっている。

その中でも、ここ――温泉は、ちょっと料金高めだが、かなり大きな風呂を提供してくれる。

露天に掘り込んだ浴槽に、外から引いた源泉を冷ましながら注ぎ込むスタイルだ。

バッチバチに覗き防止対策を施した壁によって、男用と女用に分かれている。

「ほななー！」と言いながら、どこから取り出したのか、風呂桶とトーガのようなサラッとした肌触りの服に着替えたシャリナ達が女湯に消えていくのを見送ってから、こうしてゲイルも男湯で浸かっているというわけだ。

S Rank party
kara kaiko sareta
[jugushi]

客はまばら。やはり値段設定もあってか、大船の船頭か、裕福な客しか利用しないらしい。

それ以外の客は宿が用意した浴槽で、天然の湯をもらう程度で収めているんだとか。

「……それにしても、盛りだくさんのルートだな」

キャピキャピ♪　とした声が女湯の方から聞こえてくるが、そんなことには耳を貸さずゲイルは口元までブクブクとつかりながら空を眺める。

……月が綺麗だなー。

「──馬車での移動のあとは、川下り。そして、海かー」

海のルートは天候次第であるが、おおよそ二、三日。

そのあとは、また馬車をのりついで、ようやくダークネスフォレストの麓。

「内海を渡った後は、ダークネスフォレストを突っ切ってー、古戦場寄って──そんでもって、ようやくダークエルフの里、旧魔王城のあるエーベルンシュタットかー」

「(おい、ゴラ、ゲイルぅぅう！　さらっと、古戦場をルートにしとんちゃうでぇぇぇえ！)」

ひゅるるるる……！

ぱかぁぁぁあん！

「ほわぁぁぁああ！」

地獄耳かよ！

シャリナの声が壁越しに響いて、桶が降ってくるぅ！

「あっぶねー」

………ったく、風呂でもうかうかしてられないとか、おっそろしいわー。

桶を投げ返し、ブツブツ言いながらゲイルは風呂をあとにするのだった。

※　※　※

「ったく、あの阿呆(あほ)ぅ。油断も隙(すき)もないやっちゃで——」

「あはは、シャリナってば、はしたないですよー」

風呂の縁に腰掛(こしか)け、足でぱちゃぱちゃしながらギムリーがおちょくる。

「ぷわ！　かけんなッ！……ったく、なにが風呂の入り方じゃぁー。風呂なんて好きに入ってなんぼやろがぃ」

「だから、マナーですよ。マナー。……山の猿(さる)にはわかんないでしょうけどぉ」

「マナーねー……って、誰(だれ)が猿じゃぁぁぁぁあ！」

バッシャン！

ギャーギャーと相変わらずやかましい二人に苦笑(くしょう)しながらも、モーラも恐る恐る湯につかる。

言われた通り、しっかり体を清めてから湯船につかるのだが、濁(にご)ったお湯は底が見えずちょっと怖い。なにより広すぎて落ち着かない……。タオルを縁に置くと、恐る恐る————……。

「ほわぁぁぁぁ……ナニコレぇぇぇ」

き、きもちぇぇぇぇぇ……。

「あはは、モーラさんの顔が見せられないほど、溶(と)けちゃってますねー」

シャリナにギリギリとヘッドロックされながらも余裕(よゆう)そうなギムリー。

「お、モの字もようやく来たか？　身体なんかチャッチャと洗っとけばえええねん。どうせ風呂入るんやから」

「だから、それがダメだって言ってんですよー…………それにしても、」

プカー。

「お、おう……すごいな」

プカプカ。

「浮いとるで」

「浮いてますねー」

何が??

「ほわぁぁあ————って、なに？　なになに？」

いつの間にか湯船に戻ったシャリナ&ギムリーがワニが水面から迫りくるように、モーラに顔だけ見せてススと近づいていく。

「おうおうおう、モの字ぃぃ、見せつけてくれとるのぉ」

「ホント、何が入ってるんですかねぇ？　夢とか希望とかですかねぇ」

まじまじ。

「ちょ、な、なによ？」

「何よと、ちゃうでぇぇ……ったく、ホレ。一杯やらんかい」

いつの間にか湯船に浮かべた桶の上に、お酒が一式。

「このあたりの地酒やて、露店で買うてきたわ」

「買うてきたわって……持ち込んでいいの？」

モーラさん、まっじめー。

「固いこといいなや、ほれ、ギの字も――って、」

「もう、貰ってまーす」

ココココ……。

湯気の中で、川の水で冷やした冷たい透明な酒がキラキラと輝いて小さな杯に注がれていく。

「はい、どーぞぉ」

「あ、ありがと」

言われるままに、杯を受け取るモーラ。

……シャリナが選んだ酒なのでちょっと警戒。だって、前のやつ度数凄かったんだものー。

「……あ、おいしい！」

「お、モの字ぃ、いける口やん――――あ、うまいな」

シャリナも一口。

「へー。スッキリしてますねー」

飲み口はさわやか。かすかにフルーティな味わいすらある。

「こらええわ。風呂に合うでー」

「そんな組み合わせシャリナしかわかりませんよーだ。はい、おつまみも食べてくださいねー」

ギムリーが慣れた手つきで皮をむいて差し出したのは、川に生息するザリガニを蒸したやつ。香草で香り付けされており、塩がまぶしてある。

「んっ。エビいけるやん」

「ザリガニですよー」

「どっちも同じようなもんやろが」

モリモリ食うてるドワーフとダークエルフ。……おいおい、ここ風呂やぞ？

「ま、おいしいけど――」

うん。結構上品な味わいだ。ドカン！ と来る旨味のあとに泥のようなちょっとした苦みもありつつ、噛み締めると甘味を感じる甲殻類の味。程よく弾力もあって、お酒との相性抜群だ。

「……で、モの字はどうなんよ？」

「は？ どう……って？」

いきなり何？

「とぼっけんなや、おまはん、ゲイルとできとんのやろ？」

「で――?!」

できてない、できてなーい!!

「はー?? なにゆーとんねん。男と女が王都から駆落ちしといて、そんなわけあらへんやろー」

ニッチャニッチャ。

ザリガニを食いつつ、ニヤニヤ笑いのシャリナ――おっさんか!!

「違いますー。たまたまです、たまたま」

くいっ。

……そう、まごうことなき、たまたまだ。

たまたま、ゲイルの元パーティに入れ替わりで、
たまたま、元パーティがクソ過ぎて出奔し、
たまたま、ゲイルと同じ馬車に乗り合わせ、
たまたま、農業都市に河岸を変えただけで――……たまたま？　あれ??

「ウケケケ。ほれみぃ、やっぱ駆落ちやんけぇ」

「違うって言ってるでしょ！　ギムリーさんも何とか言ってよ――」

ニチャア。

「えー。私も元Sランク同士で、元は同じパーティだったたってくらいしか知りませんよぉ」

ぐぬぬぅ！　微妙にミスリードを誘う言い方をぉ！

「……はぁ、酔っ払い相手にしてらんないわー」

クイッ。

モーラもグイグイ飲んじゃう。

「…………まぁ、悪いやつじゃないわよ？　その……色々助けられたし」

ごにょごにょ
「なんて」「なんですかぁ？」

く……こいつら。

「だからぁ！　仲間よ、仲間！　なーかーまー！　そう、元クソパーティ（牙狼の群れ）被害者の会ってやつよ！」

それ以上でもそれ以下でもない!!　ないったら、ない!!

「ふふーん、まぁええわ、そういうことにしちゃるでぇ」

「えへへー。なら、こっちにもまだまだねらい目があるってことですよねー」

ニヤァ×2。

「……なによ、その目つきぃ」

「別にぃ、ただ……ほうやなー。ゲイルは優秀やし、うちのギルドの後継者候補にしてもええかもなぁー、な～んて」

「んな?!　こ、後継者?!」

か、かかか、鍛冶ギルドの後継者っていったら、その……あれよね？

あああ、あれよ、あれ！　え～っと……。ギルドマスターの後継者って――……え？　養子？

「お母さん？」

「だれが母ちゃんじゃぁぁぁああ！」

ずるーん！　と盛大に湯船の中でズッコケるシャリナ。

「あばぁ、あばぁぁあ！」

溺れかけるシャリナ。

「あはは。シャリナってば、素直じゃないですねー」

「ゲーホゲホゲホ!!――うるっさいわ！　お前はどうやねん！　熱視線送っとんのは知ってるんやでぇ」

最近のギムリーの攻勢は露骨なくらいだ。

「んふふー。ゲイルさんは優秀ですしねー。でも、モーラさんやシャリナが優先権を主張するならいいですよー？　私たちは待つのには慣れてますからねー」

いやいや、ゲイルは人間ですよ？　エルフみたいに長命じゃないっすよー。

「ふん。みんな好きになさいよ――べっつに、アイツがどこのだれとどうなろうと、知ったことじゃないわよ」

つーん。

「あららー。シャリナがおちょくるから拗ねちゃいましたよー」

「お前が言うなや――ま、モの字。気ぃ悪くすんなや、飲んどけ飲んどけ」

いわれなくとも。

「ぷはー……。ゲイルかぁ」

だいぶ酔いの回った頭で空を眺めるモーラ。

……月の綺麗な夜だ。湯気の中に浮かぶ月は、まるで現実味がなかった――。
※　※　※
で……。

「うー……頭痛い」

「モーラさん、飲みすぎですよぉ」

川下り行程二日目。昨日の酔いが残ったひどい頭でユラユラと揺られるモーラ。

幸いにも、川の流れは穏やかで、吐き気、までは催さないが――。

「ううぅー……。あんなに酔いが回るなんて……アタシ、昨夜変なこと言ってないよね？」

「ん～。どうでしょうねぇ」

ニヤニヤァ。

「く……！　もう、二度とあのお酒は飲まないわ」

「お風呂で飲んだのが原因ですね。それにドワーフに合わせちゃ駄目ですよー」

大酒飲みのドワーフと飲み比べちゃ潰れるのもむべなるかな。

「あー。ダメ、頭痛が痛いわ……」

「あらー。頭が頭痛なんですねー」

茶化すギムリーに返答すらできない状態。

だというのに……。どんぶらこっこー、どんぶらこっこー。揺れる川船に合わせて、船を漕ぐ奴が約二匹。

「がー、がー……」

「ごー、ごー……」

ユラユラと揺れる川船の上。頬をひくひくとさせるモーラを挟むのは、思いっきり彼女の肩を枕にして眠るゲイルとシャリナ。

「…………邪魔」

「がー」「ごー」

邪魔ぁぁ……！

「んが？」「んご？」

すぅぅ、

「――邪魔だっつってんのよぉぉぉぉおおおおお！」

ゴッスッゥゥ!!

「ふごぉ!?」「げふぅ!!」

な、なななななんん、な、なにぃいいい?!

「なになになになに?!」「な、ななんな、なにが起こったぁ！」

なにも、かにも、

「私が怒ってんのよぉぉっぉぉおおおおお！」

ふーふー。

「あーもー！　頭痛いのにぃ！」

「ど、どうどう。モーラさんそんなプリプリしないでくださいよぉ」

「アンタも見てたなら、退かすとか色々あるでしょぉぉお！」

腹を押さえてうずくまるゲイルとシャリナを撫でているギムリーにジト目を送るモーラ。

「いやー……あはは、二人とも気持ちよさそうに眠っていたので――」

「私は気持ちよくないわよぉぉおおお！」

何が悲しくて両側から肩に頭のせられにゃならんのよ！　全ッ然休めなかったわよ!!

「っていうか――くさっ」

ゲイル!!

「アンタ、涎(よだれ)え!!　あーくさっ」

「あ、ごめ――」

ごしごし
「拭くなぁぁぁあ！　伸(の)びる伸びる、よだれが伸びるぅぅぅう！」

あーもう！　このローブ一張羅(いっちょうら)なのにぃぃいいい！

「あははー、ほんと仲いいですよねー」

「よくない！」

相も変わらずギャーギャー姦(かしま)しい四人組であるが、昼が近づくころにはモーラの体調も戻(もど)り、なんだかんだで釣(つ)りをしたり、休憩(きゅうけい)でお茶を沸(わ)かしたりで、飲んだり食べたり騒いだりと、それなりにのんびり過ごしているうちに川の幅(はば)が相当に広がるところまでやってきていた。

「わ、わぁぁ」「おーすげぇ」

モーラもゲイルも驚(おどろ)きで口が開きっぱなし。

対岸は見えない。まるで海だ――。

「ほらほら、船の上で暴れちゃ危ないですよぉ」

「だから暴れてないってば……あーもー。あ、街についたら新しいローブ買ってもらうからね！」

涎付きのローブをバンッ！　とゲイルに押し付けるモーラ。

「ごめんって――」

「そんなカッカすんなや」

ばつの悪そうなゲイルとシャリナが平謝り(ひらあやま)りしながらモーラの機嫌(きげん)を取っている。

まったく、のんびりした旅路だ。

「はーいはい、仲良しこよしもそのへんにして――もうすぐですよー」

ギムリーのいうとおり、三人が鼻をひくひくさせると、なるほど、かすかに潮の香り。

海のように見えていた川は本当に海に近づきつつあったようだ。遠くの方で、カーンカーン♪　と、船の抜錨(ばつびょう)を知らせる鐘(かね)が鳴り響くなか、人々の喧騒(けんそう)も水音に交じって聞こえてくる。

港町特有の喧騒なのだろうか。魚を売る威勢(いせい)のいい声に、酒に酔って水夫たちの喧嘩(けんか)上等の蛮声(ばんせい)。さらには、外国語もちらほらと水の流れに乗って聞こえてくる。……どうやら、巨大(きょだい)な河口に設けられた船溜まりに投錨(とうびょう)するらしい。目的の港はもうすぐそこだった。

「おぉー」「おっきぃぃ」「こらぁ、凄いわぁ」

ザァァアン!!

ザパァァアアアン……！

河口と海水がぶつかる場所で、うねる流れに乗って、スルスルと滑るように進む川船の上から、内海と港街を一望する面々。

海もデカイし、港もまたデカイ!!

「「「ほわぁぁああ……」」」

海流特有のうねりが出てきたせいか、やや不安定な舟板の上に立つギムリー以外の三人が口をパカーとあけて、そら珍しそうに見ていた。

「あはは、同じ顔してるぅ」

そうこうしているうちに、川船は河口と海の境目付近の広大な船溜まりへと滑り込んでいく。

船頭が竿をとり、慣れた手つきで巧みに海流と渡り合っていくその様子に、ギムリーもまた、波のうねりをとらえながら、まだ動いている川船のうえから岸壁に飛び乗ると、手をブンブン振って言う。

「じゃーちょっと待っててくださいねー。便乗できそうな商船があるか探してきますねー」

「ほいほーい」「はーい、気を付けてねー」「遅れんなよー」

お手てフリフリ、ギムリーを見送った三人。

そこでハタと気付く——。

「「「……ん?」」」

※　※　※

クァークァー。

海鳥の鳴く、さわやかな街に到着したゲイル一行。

ここは、港町ポート・ナナン。巨大な内海を外国とつなぐ、王国の玄関口だ――。

「って、紹介しとる場合かぁぁあ！　さっさと、陸路にもどるわよ！」

アカンわ！　ギムリーのテンポに乗せられてるわ!!

「このままだとなし崩し的に船に乗せられちゃうわよ！」

そして、降りることもできないまま、クラーケンの餌食にぃぃい！

「GO　NOW!!」

今すぐ!!

JUST　TIME！

「モーラ、テンション高いなー」

「海やからなー」

高いんとちゃうわぁぁあ！

「嫌なの!!」

あと、海関係ない!!　人を春みたいに言うなぁぁぁああ！

「あははー。年甲斐もなくはしゃいじゃってまぁー」

ゴンゴンゴンッ!!

「「いったぁぁあ！」」

ばっか!!　アンタら、バッカ!!

「――っていうか、年は絶対ギムリーさんのほうが、」

ドーン!!

うわ！　あぶなッ!!

「はいはい、荷物もってくださいねー。いっぱいありますからねー」

「いやいや、今頭狙ったでしょ!?　っていうか、いつの間に戻って来たの?!」

「狙ってませんよぉ？」

シレッとゲイル達の間に紛(まぎ)れ込んでいたギムリー。

商船を探しに行くと言ってもう戻って来た。はやーい！

「よく言うわよ！　まったく……！」

――嘘(うそ)つけッ
「あーもー……。行きたいなら三人で言ってきてよ。アタシ帰るからね!!　まったく、次に帰りの馬車が出るのいつかしら？」

「はい？……帰りの馬車は、当分出ませんよー？」

なにせ、この時期はよくクラーケンでますし。

「出るんかーい！」

……っていうか、馬車ないの?!

「そうですよー。なにせ航路が不安定で、物流が滞(とどこお)ってますからねー。物がないなら、馬車も出ませんよー？」

そ、そんな⁈

「じゃ、じゃあ！　ひ、一人で歩いて帰れっていうの⁈」

さすがにそれは無茶だ。いくらモーラの腕っぷしが強くても支援術師――後衛職だ。そもそも、女の子の一人旅は危ないし……。

はっ！

「げ、ゲイル！」

「ん？　帰るのモーラ？」

自分は先に行くけどと言わんばかりのゲイル。

むぐぐ……。

「シャ、シャリナさん！」

「んー……モの字の言いたいこともわかるが、ウチも手ぶらで帰るわけにはいかんしのー」

なんだかんだで無理を言って鍛冶ギルドを空けてきたシャリナ。

オリハルコンの手土産なしで帰るのは少々肩身が狭いのだろう。

「で、でも。クラーケンが……。そもそも船だってないでしょぉぉ⁇」

うぅー、と涙目のモーラ。

一人で帰るのは無理だし、行くのも怖い。その気持ちはわからなくもないけど――。

「大丈夫ですって――。先日、どっかの軍船が襲われたって聞いてますし、今頃お腹いっぱいですよぉ」

おかげで、そのタイミングを見計らった商船が一隻出港するという。

「その商船の船長曰く、クラーケンもそんなパクパクと船食べてるわけじゃないらしいですよ
――。一隻襲われたなら、当分大丈夫なんじゃないですかねー」

あははー。

「ほら、あの船ですぅ」

「あははー。って……全然。大丈夫って情報じゃないわよ」

ギムリーがあっけらかんと笑って示すのは、今にも出港しそうな荷物を満載した商船が一隻。

海賊のような見た目の船長が不敵に笑って舳先に立っている。……どうみても、クラーケンが
腹いっぱいのウチに海を渡って一儲けをしようと企んでる顔だ。物流が滞っている今、ピンチ
はチャンスってか？

はぁ……。

「わかったわよ！　行けばいいんでしょ行けばぁぁあ！」

「お、モーラ話せるじゃーん」

じゃーん、じゃないわよ!!

「まったく、こういう時、ストッパー役になるのってシャリナさんでしょ？」

「……ウチはツッコミ役か!!」

ボケ倒しの二人にツッコミ二人。ちょうどいいんじゃ……？

「誰がコンビ組むねん！……そうやのうて、現実問題として海路しかないんやろ？」

一見、無理矢理海路を選んだようにも見えるが、どうやら事情があるらしい。

「おや、さすがシャリナですねー」

「……ウチかて、ギルドマスターの端くれや、物流のことは知っとる」

どゆこと⁇

「まぁ、ギの字のいうようにこっそり国境越えるのは論外やろ？」

「「そりゃぁねー」」

息ぴったり。

「せやかて正規に国境越え申請しても、まともに許可下りるとは思えん。……ましてや目的地がダークネスフォレストやで？　あそこの砦の話もそうやけどな。……それ以上に、どうもなー。最近は軍が活発に動いとるとか……なんや王国軍も妙な動きしとるとか、帝国が動き出したっちゅう噂もある」

「「へ？」」

王国軍に、帝国ぅぅう⁈

うんうんと頷くのはギムリーだけ。

「そ、それってどういう――――？」

「んー。……噂程度やで？」

そう釘を刺すシャリナ。

「……なんでも、王都で暗殺未遂があったらしくてな。それも帝国と王国のゴタゴタで起きたらしいで」

　へー。

「アッホゥ。聞いといて、超興味無さそうな顔すんなや。んで、その原因がどーもアーティファクト絡みらしい」

　アーティファクトぉ??

「ほうよ。国政を揺るがすほどのアーティファクトや。なんや知らんが、そんなもんがほいほい出まわっとるらしくてなー」

「はは。アーティファクトがホイホイと～？　そんなバカな」

（注：バカはお前だ）

「ウチに言うなや、ほんで、出所のことも含めて、王国と帝国で睨みあっとるらしいで――大方、沈んだ軍船っちゅうのも、その関係や」

　えー……海軍まで動き出すほどの大騒ぎなの？

「まぁ、つまり簡単にいうと、王国も帝国もその流失を抑えたいんですよ」

「「あ、ああー」」

　納得。それで国境の警備やら、海軍やらの出番か――。軍船がウロチョロしてるってのは、どうやら、海を越えてアーティファクトが流失するのを抑えようとしているのだろう……。

「こ、困ったわねー。だから、国境付近は使えないのね」

「そういうこっちゃ。せやから海路の方が幾分マシちゅうことやろな」

ダークネスフォレストまではいくつかの国を跨ぐみたいだけど、本来なら一市民の往来を妨げるようなことはない。……物流止まるからね。

「んー。でも変ねぇ？　帝国も王国も、最近まで安定していたって聞くんだけど……？」

モーラの言うことも、もっとも。

「知らんがな。国境が騒がしくなる程のアーティファクトが出回っとるのが問題なんやろ？」

どっかのアホがアーティファクトばら撒いとるっちゅうこっちゃ。……迷惑な話やでー。

「……って。んんー？　そういや、アーティファクトをばら撒く⁉……な～んか最近そんな話聞いたような気がするなぁ――？」

「そ、そういえば私も……」

んん～～～⁉　とクビを傾げるシャリナとモーラ。そして、チラッと全員がゲイルを見て

――……全身に纏っているであろう呪具を想像する。

呪具、アーティファクト。

呪具……。アーティファクトぉ……。

……ハハ。

「「「……ま、まさかねー」」」

あはははー。

「ん？　なに？」

ぽや～ん。

「「……うん。なんでもない」」

うん。この間抜け面にそれはない――。

「むぅ!? なんか、すっごい馬鹿にされてる気がする」

「にゃはは、気ぃ悪くすんなや、ゲイルぅ。お前中心に世界が動いとるわけないわな」

肩を組んでウリウリされつつ、やめろとシャリナを押しのけるゲイル。

「当たり前だろ！ 俺を何だと思ってんだよ……」

「ニヒヒ。そらぁ、けったいな呪具作っとる変わりもんやと皆思っとるでぇ――アーティファクトとは無縁やろうな。…………無縁よな？」

……な？

「そうそう。シャリナさんってば、大げさよー。いくら何でもゲイルの呪具でそんな騒ぎになるはずないわよ」

「せやせやー」

あはははは。うふふふふ。

まさかまさか、と笑うモーラとシャリナ。

「くすくす。……そうですよぉ。暗殺未遂騒ぎのことはともかく、呪具とアーティファクトはまったくの別物ですよぉ」

……たしかに、呪われし装備は絶大な威力を誇る。その性能がアーティファクトすら優に凌駕し得るものさえあるだろう。だが……呪いの装備は、代償なしには扱えない。

……例えば、『魔王の心臓』――。

あれこそ、アーティファクトを凌ぐ性能を誇るも、ひとたび使えば、絶大なる能力を装備者に与えるかわりに、その代償として命を食らうのだ。それが呪具。呪われし道具の宿命――。

…………なんだけど。

「ん、んんー⁇」

(……そういえばゲイルさんって、たしかあれを――？　あ、あれれー)

ギムリーもさすがに首を傾げる。

かの『魔王の心臓』をほぼ無害化しちゃったゲイルさん。

アーティファクト級の性能を誇る呪具。しかも、ほぼ無害……。

呪具……。アーティファクト。

呪具、アーティファクト――。

ぐるぐる回る思考のなか、「ま、まさかですよねー」と馬鹿な考えを振り捨てるギムリー。

たとえ、帝国の秘宝と呼ばれる『魔王の心臓（1／6）』が、無力化された上に、お店のショーウィンドウに飾られているという非現実的な有様を思い浮かべてさえも――。

だって呪具師ですよ？

(ないない……。ないわねー)

ちょっと脳裏に浮かんだ想像を打ち消すギムリー。

だが、所詮は呪具だ。いくら性能がよくても、呪具ごときに国を動かすほどの力があるとは思えない。そして、ギムリーがゲイルに目を付けたのは並外れた【解呪】の腕を見込(みこ)んでのことだ。コカトリスの石化を苦も無く解いたゲイルならもしかして、といった程度の淡(あわ)い希望。

呪具そのものには、何の期待もしていない。

「むむむ?!　な～んか、さっきから呪具をバカにされている気がするなー」

ぶぅー、とむくれるゲイルはさっさと荷物をもって、船に向かう。

「——俺先行くからね！」

「ふんだ！」と、すねつつ、むっっっちゃくちゃ大量の荷物をもって——。

ノッシノッシ……。

「「「ん、んんー??」」」

そ、それ四人分の旅荷物なんだけど——。え？　え？　人間がもてる重量なの、それ??

シャリナですら、ぽかーんと口をあける、呆(あき)れた積載量(せきさいりょう)だ。まるで人間輸送馬車。歩く兵站(へいたん)段列。それこそ——戦争の常識やら、兵站がおかしくなる光景を見ているような……。

「なに？　いくよ？」

「「「う、うんー」」」

ただし、わかってない奴(やつ)がただ一人、ノッシノッシと先に行く。

呪具パワー、お手製の荷物運び用のブレスレット型呪具を装備して——。

第4話「船酔い三昧」

S Rank party
kara kaiko sareta
[jugushi]

ザッァァァァアン!!

ザァァアアアンン!!

「おろろろろろろろろー」

きらきらきら。と虹色(にじいろ)のエフェクトのかかった何かを海に散布するシャリナ――。

「だ、大丈夫か?」

お、落ち着け。

「だ、大丈夫にみえるんやったら、代わってくれるんか、自分?」

「いや、無理。……もはや、何言ってるのかわからんし、顔色すごいぞ」

うん、だめだ。

「へ、へへ、ええ女やろ?」

「とりあえず、水飲む?」

まぁ、飲んだら飲んだで吐くよね……。

「うっぷ……私も、酔いそう」

「モーラも?!」

うちの鍛冶師と支援術師は、三半規管が弱いらしい。

むしろ、

「……ゲイルさんは大丈夫なんです？」

欄干（らんかん）に背中を預け、だら～と海を眺（なが）めているギムリー。こちらは酔っているようには見えない。

「ん～。とくに？　まぁ、これもあるし――」

首から下げた呪具をみせる。

最近獲（と）った、アニマルゾンビの皮とゴーストの核（かく）で作ったチョーカー。

「ほら、これ。動物系ゾンビにありがちな『揺れ補正』と、ゴーストならではの【状態異常無効】の呪具だよ？」

――なにせ、お化けは死な～ない♪

見た目は、薄透明（うすとうめい）な色をした女性の手が首を絞（し）めているようにも見えるチョーカー……――

っていうか、絞めてるよね、それ？　え？　それ、チョーカー⁇

「……いる？」

へへ、いいでしょ？

「「いらない」」

んが⁈

「な、なんでぇ⁈　酔い止めにぴったりだよ？」

「だから、『なんで』がなんで出るのよ——おえ、見てるだけで気持ち悪いわ」

ええーそれ言いすぎ！　ひどくなーい?!

「いやいや、どう見ても、恨みを残してゴースト化した女性をそのまま再利用しているようにしか見えませんよ」

ぐろい……。

「ん？　そうだけど——」

墓所で見つけたゴーストの再利用はよくある話だ。

「「「って、そうなんかーい！」」」

吐き気を忘れて突っ込む女子ーズ。ゲイルはまったく気にしてないけど。

「ちぇ～。船酔いもこれ一つでスッキリ安心なのになー」

いやいや、センスセンス。

「あっほぅ、なんで首絞めチョーカーせなあかんねん！　お前はもうちょいそのセンスなんとか——おろろろろ」

「んだと、これのどこが壊滅的センスじゃぁぁあ！」

「……いやいや。シャリナさんも、そこまでは言ってないけど、そこまでのセンス。うっぷ」

モーラも貰いゲロしそう……。

「ダ、ダメ——い、いっそ、つけてみようかしら」

た、たかが呪具の一個や二個！　ゲイルがいればすぐに解呪できるし——。

「お、いる？　一応全員分あるよ？」

ゴソゴソ。

「ほい――」

薄透明の手――……。

「ええい！　つ、つければいいんでしょつければぁっぁああ！」

『の、呪ってやる～』

ゾワッァア！

「ひょぉぉおお⁉　な、な、」

一瞬にしてサブイボに覆われるモーラの肌。

なになになに⁈　何今の声ぇぇぇええ⁈

「ん？　ただの呪言だよ？　たま～に聞こえるんだよね――あはは」

「あはは！　じゃないわよ‼　なんか、一瞬女の霊の顔見えたんだけどぉぉお！」

こわっ！

「怖くないって、呪われるくらいで、たいしたことないよ」

「アンタの大したことないの基準がおかしいのよ‼」

なんで、クビ紋めチョーカーしながら、女の呪言、聞かなきゃならないのよ！

「そりゃ、新鮮だし。……だいたい、呪いの効果があるから、呪具っていうんだぜ？」

どやぁ

「なんでドヤ顔で説明してんのよ……」

あかん。アレは無理だ。

「ウ、ウチは吐いてでもつけんわ」

「私もそうする……」

なんでぇ？

「このセンスわっかんないかなー」

チョーカーと首絞めを兼ねたこのギャグとセンスがぁ！

「あははー。ゲイルさんは、相変わらずですねー」

「どういう意味ですか！――――っと、」

ドタバタドタ!!

な、なんだ？

急にドタバタと騒々しくなる船上。水夫たちが、慌てて配置についたかと思えば、隊長格らしきものが、スルスルと帆を上っていき、頭上の見張り台の水夫と何やら話している。

「おぇ、な。なんや？　もう着いたんか？」

「そんなわけないですよ。目的地まで最低でも、３日はかかりますよ？」

「３日〜?!」

も、もう。揺れが収まるなら何でもええわい。

そう言いつつもチョーカーをつけないシャリナが水平線に目を凝らす。

「おぇぇ………。ん、んん？　な、なんやあれ？」

「はて？　なんでしょうね？」

ギムリーも何かに気付いたようだ。

「ん～、まだよく見えませんけど、船……ですかね？」

二人とも、よく見えるなー。

「船ぇ？……このへんは、商船の航路なんだから、ほかの船くらいあるでしょ？」

「はは、海賊船だったりしてー」

特に心配していないモーラとケラケラ笑いあうゲイルであったが、
カンカンカンッ！

　カンカンカンッ！

おろろ？　警鐘⁉

「なんやなんや、頭に響くで、やめーや」

青い顔で抗議するシャリナであったが……。

「不審船発見！　不審船発見！」

「総員配置につけぇっぇぇえ！」

バタバタバタ！

「は、はは、マジで海賊？」

「いやいや、ここって交易路でしょ？　軍船が往来して――……あ、そういえば」

そう。

その軍船って、たしか――……。

「ま、まさか、クラーケンが軍船沈めたから、海賊が跋扈してるとか？」

「へ？？　じょ、冗談じゃないぞ?!　海賊なんて俺らにはどうしようもないぞ?!」

呪具師なんて海の上じゃ無力にも等しい。

「いやいやアンタなら、どうにかするでしょ！」

「しねぇよ！　俺を何だと思ってるんだよ！」

「センスのない呪具師に決まってるでしょ！　性能だけは折り紙付きだけど!!」

「誰がセンスないじゃぁぁぁああ！……え、性能いいかな？」

えへへ。

怒ったり照れたり忙しいゲイル――。

「あっほぅ！　イチャついとらんで、戦闘準備せぇ！　水夫の様子はただ事やないでぇ！」

青い顔のまま、よっこらせっと起き上がり、戦槌を構えるシャリナ。

酔っていたはずなのに、締めるところは締める――！

「――イチャついてない!!」

「そこは拾わなくていいですからぁ」

そう言いつつも、目を凝らすギムリー。じっと――ジッと……。

「ん、んんー。あれって――」

ずっと見ていたせいか、ギムリーも目がおかしくなったのだろうか？

な、なんかすっごい違和感――。

「ど、どないしたん？　マジの海賊か？　それとも、」

「ん、んんー。……こ、言葉に迷いますねぇ――これはひょっとするとひょっとするかも……」

そういえば、配下の報告に最近魔物が活発化しているという話があったけど――ま、まさか
ね⁇

「あー。これはまずいかもですねぇ」

……たら～り。珍しく、ギムリーが顔を引きつらせて三人を振り返った時、

「不審船を視認！――……ぐ、軍艦旗です！　軍艦旗を確認！　あれは軍船だぁ！」

――ほッ。

その叫びを聞いた時、明らかにホッとするゲイルたち。ほかの乗客も、乗り合わせた冒険者
や傭兵も武装解除する。商人たちなんか一番ホッとしていた――だって、海賊怖いもん。

あーよかっ……。

「――せ、先日クラーケンに襲われた軍船がこっちに向かってくるぞぉぉぉおお‼」

………………は？

は？

え？

「は？　え？　え？　え？　ぐ、軍船ならいいんじゃないの？」

「そ、そうだよ？　なんでこんなに警戒してるの？」

どゆこと……？　いまだにバタバタしている水夫たち。そして、なんかいや～な空気――。

「え～っと。説明いります？　そ、そのですね……。普通の軍船なら、民間船襲ったりしませんよねぇ」

あはは、とひきつった笑いのギムリー。

「せ、せやなぁ。普通の軍船ならなぁ……」

シャリナにもその軍船が見えているのか、海のほうを凝視したまま、ひきつった笑い。

へ？

「普通の――じゃないの？」

「だって、軍船でしょぉ？」

「おーぅ。……半分沈んでて、なんや吸盤だらけで、船の下にデッカイ生物がへばりついた軍船が普通やったら、ウチ、普通の概念変えてもええでー」

そもそもなー。

しかも、ごっつぅ速いであれ!!

「――なんで、クラーケンに襲われた船がピンピンしとんねーん！」

ズァァァァアアアン!!

ズァッァァアアアアアアン!!

うわ、はやッ!!　し、しかも――。

「は、半分……」

「きゅ、吸盤だらけ……」

え、そ、それって――。

「それもあれもあるかい!!　ききき、来よったぁぁぁあああ」

「あわわわわわ！　ま、まずいですよぉ、これはぁ！」

あわてて欄干から離(はな)れるシャリナとギムリー。二人して武器を構えるとそこに、

――ドバァァァアアン!!

商船をめがけて突っ込んできた無人の軍船が、あわや衝突(しょうとつ)寸前というところで、急停止――！

すさまじい波が商船の甲板(かんぱん)を洗う。

「ぶわ！　なんやなんや?!」

「しゃ、シャリナ上です！　上ぇ！」

……上ぇ？

波しぶきの中、ギムリーに言われるがまま空を見上げるシャリナ。

そこには陽光を遮(さえぎ)るようにして黒々とした巨大な軍船が――。

「ちょ、ちょぉお――最近の軍船は空飛べるんかいな？」

もちろんそんなわけない。なにか強大な力があの軍船をぶん投げたのだ。

そう。そんな強大な力を出せるのっていやぁぁ、このあたりでは決まっているだろう。

つまり――。

ク、ク、ク、

「――クラーーーーケンだぁっぁあああ！」

『ミギャァァァァアアアアアア!!』

第5話「襲撃クラーケン！」

S Rank party
kara kaiko sareta
[jugushi]

ブーンッ！　と、空を舞う、軍船。

それは先日、クラーケンに襲われ行方不明になった軍船と完全に一致。

その軍船が、なんと易々と商船の上を越えていき、バラバラと木材と軍人の水死体をまき散らしながら、反対の水面に叩きつけられる！

「ひぇぇぇえ！」

「ぶわっ！　くっさ!!」

ベチャベチャと水死体が甲板にまき散らされたかと思えば、

――どッぱぁぁっぁああああん！　と、軍船の着水の波が再び商船の甲板を洗う。

そして、

『ミギャアァァアアアアアア!!』

そして、壊れた軍船と商船を挟むようにして、出現したのはイカの化け物――――！

そう。まごうことなき、

「「「「「クラーーーーーーーケンだぁぁぁああ！」」」」」

乗客全員、悲鳴が一致。……っていうかキモイ、グロイ！

「「「「「デッカァァッァアアアイ!!」」」」」

紫色の体をウニョウニョくねらせ咆哮する海の悪魔、それがクラーケンなのだぁっぁああ!!

説明ありがとう、どこかのだれかぁぁぁ！

「――集まれ！　あつまれぇぇぇえぇ!!」

慌てて水夫の隊長格――水夫長が水夫たちに声をかけている。帆をはり、全力で逃げるにしても準備が必要だ！　一方で船長はと言えばあわあわするばかり。

「ひぇっぇえ！　なんだって、こんな短期間に?!」

どうやらクラーケンが立て続けに船を襲うのは珍しいらしい。だから、軍船が襲われたのをこれ幸いと、交易品を満載して、商売に勤しもうとした矢先のことだったが。

「せ、船長！　逃げましょう！　こんなん無理ですって!!」

「だ、だな！　おもかーじ!!」

水夫長も、そうそうに降参ポーズ。戦うなんて最初っから無理だ!!

同意した船長によってギギギギと重々しく船が旋回するが、クラーケン相手に逃げられるはずもない！　幸い、まだ少し距離がある。これなら逃げられるか――……。

『ミギャァァアアアア!!』

どっぽぉぉおん!!　と、一度海に潜ったクラーケンが、その体表を鮮やかに反射させながら滑るような速度で商船に接近する！

――ひぇっぇえええぇ?!

はっや!!　速ぁぁぁあああああ!!

慌てて総舵輪をガラララララ！　と回しているが逃げられるものか！

「ひぇ！　ひぇぇ!!　来た来た来た来たぁぁぁあ！——は、速い！　速すぎるぅぅう！」

船長が泣き言を言うものだから乗客乗員全員大パニック！

「馬鹿！　当たり前でしょう!!」

「せやで!!　イカの遊泳速度は、海生生物一やっちゅうの!!」

まぁ、パニックになって当然なんだけどね!!——そもそも、逃げられるわけあるかッ!!

あっという間に、商船に追いつくと、クラーケンがシュルルルと海中から触腕を伸ばす！

その数、無数！

——ぐっろーい!!

「ぎゃー！　もうダメだぁぁあ！」

「誰か助けてぇぇぇえ！」

抱き合ってブルブル震える船長と水夫長。……って、アッホゥ!!　馬鹿たれぇ!!

「アンタたちが戦わないで、誰がやるのよ！」

モーラが空を仰ぐほどのヘタレっぷり！

「で、でもぉ！　あ、そうだ!!　お客様ぁ！　お客様の中に冒険者はいませんかぁっぁああ?!

または、クラーケン退治経験者はおられませんかぁっぁあ！」

いるかアホッ!!　つーか、冒険者の力あてにすんな！　こっちは客だっつの!!

……あーもぅ!!

「ど、どーすんだ?!　コイツらあてにできないぞ！」

ゲイルまで呆れる始末。

「そ、そーそー！　あてにしないで！」

「アホたれ!!　自分らの仕事を放棄すなっ!!」

そもそも、客をあてにすんなぁぁぁ!!

「だー！　こんなアホんだらを相手にしてられるか!!　こうなったらやるしかないでぇぇぇ！」

「そ、そうね！」

「お、おう。わかった!!」

ババッ!!　いつかのように三人固まって、なんとなくフォーメーション！

前衛シャリナ、後衛にゲイルとモーラ!!

「かかってこんかい！　イカぁ！」

そして、男前のシャリナが戦槌をブンと肩に担ぐと、クラーケンとにらみ合……──ギロッ！

「って、ぎょぇぇぇえ！　目ぇ!!　目ぇでっか!!」

きッッもぉぉおお!!

スッサまじく無機質な巨大な目がシャリナ含め、乗客をひと睨み。その目には感情などない。

あるのはひとつ。この小さきものは食べられるのかという疑問のみッ──ブンッ!!

「シャリナ!!　横から来ますよ！」

な⁉

「ギムリーか⁉　おどれはどこに――どわぁぁぁ！　手ぇなっが‼」

ブーーンッ‼　と、特に長い触腕が二本――やや船から離れた海面に上半分だけ顔を出したクラーケンから放たれる‼

「こわぁぁあ！」

「逃げないでシャリナさん、今――はぁぁぁあ！……筋力向上(マッシブパワー)！」

カッ！

シャリナの体を突き抜(ぬ)ける支援魔法(しえんまほう)‼

ムキムキムキ‼

「をぁ⁉　漲(みなぎ)ってきたぁぁぁ！……って、あれをやれっちゅうんか⁉」

「このまま黙(だま)って食べられてもいいの⁉」

えーい！　わぁっとるわ‼……女は度胸ッ！

「――ふんッッ‼」

ゴゥ‼　シャリナの戦槌が赤熱し、瞬時に炎(ほのお)のオーラを纏う！

「はぁぁぁあ――焼き入れ(バーニングハンマー)じゃぁぁぁぁああ！」

てりゃぁぁあああ‼

ダンダンダンッ！　と欄干を蹴(け)り、マストを蹴り、帆桁(ほげた)を蹴って中空を舞い、戦槌とともに弾丸(だんがん)のように飛ぶシャリナ‼

それを追うようにして、触腕二本が伸びて、両側から挟み込むようにしてシャリナを叩く!!

……パァアン!!

「――甘いわぁあ!」

『ミョォオオ?!』

空中で体をひねって必殺の一撃を躱したシャリナ!……さすがの戦闘センス!!

「イカぁああ! これで決めたるでぇえ!」

ふんッ!!

シャリナの必殺――――。

「ドワーフの一撃は山をも砕くんじゃぁあっぁあああああああああああ――――……あれ?!」

ボヨンッ。

「ちょ……?! は、」

しかし、クラーケンのほうが一枚も二枚も上手だったらしい! かろうじてクラーケンの挟み撃ちを躱したシャリナが返す刀でその触腕二本をぶっ叩くが、なんと!!

「は、弾かれたぁああ――?!」

さらに必殺の一撃が弾かれただけでなくそのヌメヌメとした体表に阻まれ攻撃が通らない!

「ぐぬぬぬ、ぬが―! こ、こいつ――」

それだけでなく、なんと――。

「ぬぎぎぎぎぎ――あ、あ、あーーーー、う、う、う、うちのハンマーがぁっぁあああ!」

ビヨォーーン！　と、触手に絡めとられるそれ。

「シャ、シャリナ！　手を離せ!!　捕まるぞッ」

これはまずいと直感したゲイルが、武器の放棄を進言。シャリナも、目をつぶると、

「――こなくそぉお！」

しゃーなしとばかりに、いったん手を離して距離をとるが、乱暴な姿勢でバランスを崩す。

……それをなんとか、抱きとめるゲイル。

「あだ！」「あべし！」

その瞬間、ひっぱられる力を失った戦槌が、クラーケンによってシュルルルと絡みつかれ

――ギュオン!!　と、一気に引き寄せられた。

あとは、触手の付け根の口にバクゥ――。

ゴリリンッ。

「…………」

「…………」

ゴーリゴリ。

ゴキバキッ……ごっくん♪

「「「「…………」」」」

一同シーン。

シャリナ真っ青――――無理無理無理無理無理無理!!

……こ、

「こっわぁぁぁああ！」

ひぇぇぇえ！

かろうじて甲板に着地するとガクガク震えて、モーラ達のもとまで。

「無理無理！　あんなん、無理やでぇぇえ」

ガタガタガタ!!

「ちょ?!　シャリナさんの武器がなくなっちゃったら、どーすんの?!」

こんなの無理ゲーじゃ?!

「っていうか、お、おい、モの字ぃ！　支援魔法までかけて、おまっ、ウチ喰わせる気かぁぁあ！」

「そ、そんなつもりじゃ――――あーーーまた来たぁっぁあ！」

びょん、びょーん!!

「「「ひぇっぇえええええ！」」」

逃げる三人！　なんか知らんが大量の触手が向かってくる!!　どうやら戦槌はお気に召さなかったようでぇぇええ!!　今度は甲板の人間に食指をのばす！　そう文字通り触手をぉぉお！

「誰がうまいこといえ言うたねん――」

つ、つーか、

「に、に、に、」

「「「逃げろぉぉぉぉおおおおお!!」」」

ぎゃぁぁぁあああああああ！

一同大パニック！

っていうか、どこに逃げろっちゅうねん!!　だいたい、いつの間にか乗客も乗員もおらんねん!!

「ちょ、ちょぉぉ！　みんな船室に隠（かく）れちゃってるわよ?!」

実質戦っていたのはゲイル達だけらしい。

——は、薄情（はくじょう）なぁぁ！

「ひぇぇぇぇ！　無理無理！　俺おいしくないよぉぉ！」

「う、ウチもうまないでぇぇ！　この筋肉みてみぃ、カッチカチやでぇぇ！」

だからって、

「な、なんであたしを盾（たて）にしようとしてるのよぉぉぉおお！」

モーラの背中に隠れるゲイル（バカ）&シャリナ（アホ）。

「って、誰がアホじゃぁぁあ！」

「バカじゃねーっつーの！」

だったら、

「なんとかしなさいよ!!　いつもの呪具でぇぇ！」

「いつもの呪具って、どれだよ!!　俺は、何でも屋じゃねーぞ!!」

海で使える呪具なんか持ち歩いてるわけねーだろぉぉお！

「応用しなさいってことぉぉお！　きゃぁぁあああ！」

迫る触手！　危うしモーーーーーーーラぁぁぁ！

ボォンッ!!

「おっと、効き目が薄いですねぇ」

いつの間にかマスト上の見張り台に上っていたシャリナが、見張り台に置かれていたボウガンを手に狙いをつけている。

「な、なんやそれ?!　ば、爆発したぁ?!」

「ふふん、焙烙弾ですよー」

ニッ。

ギムリーが撃ち出したボウガンの先端に付けた爆発する携帯兵器。

ダークエルフ謹製のそれだ！

「お、おぉ！　クラーケンの触手がひっこんどるでぇ！　効いとる効いとる、ええぞ、ギの字！

もっと撃てぇぇ！」

「えへへ、一個しかないんです」

……………は？

「ア、アホォォオオオ！　全然、足りんわぁぁあ！」

そして、残る触手が次々に迫りくる！　どうやら激怒ぷんぷんらしい!!

「って、アンタらも戦いなさいよ!!　一丁前に武装している水夫でしょ?!」

なぜか船室に籠(こも)ってブルブル震えている船長たち。

「無理無理！　ただの商船にクラーケンを相手にできる武装なんかあるわけねーだろ！」

「馬鹿ぁ！」

だからって冒険者に戦わすな！……もちろん、武装がないわけではないだろうが、軍船を沈めるようなクラーケンを相手にする武器などあろうはずがないのはわかる。わかるけど。

「なんかあるでしょ、なんかぁぁああ！」

「な、何かって言われてもなー。……あ、鱶除(ふかよ)けのバリスタがあったっけ？」

と船長。

「へい、ありやすね。……ボウガンも少々ありますぜ？」

と水夫長――……って、

「だったら、戦(たたか)ぇぇぇええええ！」

バコーン！　と船室の扉(とびら)を喧嘩(けんか)キックするモーラ。

もちろん、むやみやたらと頑丈(がんじょう)な扉――――ニョロ～ン……ぺたし。

「あ、」

「「「あ、」」」

そこにクラーケンの触手がピッタリくっついて、メリメリメリ――――と扉を引っぺがす。

ボカーーーーーン!!

「「「ひ、ひぇぇぇえええ！」」」

抱き合う水夫たちに船長――。クラーケンとばっちり目が合っちゃう、海の男たち……。

「バ、バ」

バリスタぁぁぁあああ！

船長の号令一下、大慌てで、ドタドタと甲板上に固定されていた武装を解き放つ水夫たち。

「こ、こうなったらやるぞぉおお！」

「「「おおう！」」」

鱶除けだという巨大なボウガンのお化け――バリスタに早速一発目を装填する。

「おーおー！　ええもんあるやんけ！」

「っていうか、最初からやりなさいよ！」

シャリナやモーラが見守る中、初弾がドキュン！　と撃ち放たれる――！

「って、外すなッ！」

シャリナの目の前で盛大に逸れるバリスタ。どうやら、操作に慣れていないようだ。

しかも、巻き上げが遅い、遅い――！　巨大なボウガンのお化けであるバリスタの弦は、重すぎて人の手では引けないのだが……。

「あーもう、どけ！　ウチがやるわ！　モの字ぃぃい！　援護ぉぉお」

「え、ええ?!　もー」

はぁっぁあ……――筋力向上！

「……同じ魔法の重ね掛けは二倍の効果だけど、効果時間は半分よ！」

「十分じゃぁ！」

おおおおお!!　漲って来たぁっぁあああああ！

「――ふんッ！」

ガッキンッ！　と、普通は機械で引くバリスタの弦を腕力だけで引くと、

「うぉらっぁぁあああ！」

しゃらくせぇ、とばかりに――バキバキバキッ！　と台座からひっぺがし、バリスタをボウガンのように構えるシャリナ。

「人様のハンマー……食らいよってからにぃぃい――」

返せ、アホンダラぁぁ！――ドキュンッ!!

『ミギャァァアアア！』

「おぉ、命中した！　シャリナすげぇー」

見事脳天に直撃。クラーケンが怒り狂ってウネリまくる！

きっもー!!

「よーし、トドメじゃ！　ゲイル次弾よこせぇ！」

「あぃよぉ！」

ジャッキっ!!　再び腕力で弦を弾くシャリナ。

ゲイルから受け取った総鉄製の馬鹿みたいに巨大な矢を装填ッ！

「あ、あはは、さすが脳筋ですね…………ん？」

ギムリーがマストの上で呆れていると、ピクリと反応。こ、これは――！

「シャリナ！　モーラさんに、ゲイルさん!!」

すぅぅ、

「――後ろぉぉおおおお！」

…………後ろ？

チラッ。

ギムリーの絶叫に慌てて振り向く三人。

「「「…………んんなぁっぁあ?!」」」

――その眼前には、無数の触手が商船を握りしめんばかりに向かってくるではないかッ！

しょ、触手に回り込まれていた?!

「ひ、ひぇっぇえ！」

「に、ににに、逃げましょ！」

「――言われんでもぉぉおおお！」

びゅん!!……って、あれれ？

「ちょ、」

びたーん!!　危うい一撃を回避するゲイル。

「な、なんで？」

さらに一撃!!　そして、さらに、さらに――。

「――って、なんで俺ばっかを追っかけるんだよぉぉおおお!!」

ビターン!!

バシーン!!

「ちょわぁぁぁあ?!」

無数の触手は、なぜかモーラやシャリナを無視して、ゲイルを追う！　そのまま、ビタンバタン！　と、ひたすらに何度もゲイルを捕まえんとして甲板を叩くクラーーーーーケン！

「おおおおおおおおおおお、なんでぇっぇえええええ?!」

なんでなんでぇ?!　モーラとか食えよぉぉ！

「なんで私なのよ!!」

「不公平じゃゃん――ぎゃぁっぁあああ!!」

ビッターーーーーン！

「あーもー!!　俺、イカの好物なんかもってねーぞ――――！」

………って、もしかして。

イカ――。

獰猛な肉食性の水棲軟体動物。

主にエビやカニなどの甲殻類や魚を捕食する。

また、強いにおいを発するものに吸い寄せられる――って、こ、これのせいかぁぁぁぁああああ！

体中に隠し持った多数の呪具。

その材料は主にアンデッド素材で、色々気を使っているけど、ちょっと臭う――。

『ミギョォォォォォォオオオオオオ！』

「ぎぇぇぇええええええ!!」

やっぱり、クラーケンが狙ってるぅ!!

「死ぬ、死ぬ！」

く、食われるぅぅぅううう!!

「あっほう！　動くな！　動くと余計狙われるぞ！」

無茶言うな!!

「動かないとやられるわ!!」

バリスタの台尻を武器代わりにしたシャリナがなんとか、ボコボコと触手を叩いているが効果がない。

弾力のある身のうえ、表面を覆った粘膜が衝撃を吸収してしまうのだ!!

「ぬがぁっぁあ！　剣とかないんかーい！」

「あったら渡してるよ！」

……って、持ってたわ――俺!!

「てりゃ！」

お気に入りの、よくある護身用の短剣！

振り返りざまにそいつを、シャキーン！　と、引き抜くゲイル。

「こんなんでも、」

ないよりはましだろぉぉぉおお!!

「ふんっ」

プスッ。

「あれ？」

「……って、ドアホう！　そんなん届くか――」

ヌメヌメの体表に、分厚いボディ――。一方ゲイルの短剣はと〜〜っても、短い。

――あ、……にゅるん。

「ちょ」

シャリナがいうや否や、反撃したゲイルの短剣が、クラーケンの触腕に当たって粘膜にからめとられる。せっかくの防御力低下も、即死もこれじゃあ――……。

「あぁぁぁ!!」

ひゅん、と一瞬にしてからめとられる短剣。

ヌメヌメの触手に埋もれて――ギュオン!!

「待ってぇぇぇえええ――」

………ぱく――ゴーリゴーリ。

……ＮＯぅ！

「俺の短剣んんん‼」

――ゴリンっ♪

「うわーん、食われたぁぁ！」

結構気に入ってたのに――とくにデザインがぁぁぁあああ！

「言うとる場合か‼」

「いや、待って‼　ゲイルのあの短剣って確か――」

ゲイルの短剣。その効果といえば――……。

モーラの脳裏によぎるのは、いつぞやファームエッジに向かう途中でみたオークの蹂躙劇。

そう、たしか……。【恐怖】【防御低下】【麻痺】【認識阻害】に、あの固いクラーケンの体表の防御すら無視する【防御無視】。

そして。

ゴーリゴーリゴリ……ゴ。

『ミョォ?!』

味わうように短剣を咀嚼していたクラーケンがピタリと止まる。

次の瞬間、

――シャキーーーーーーーーーーーーン‼

「あー……出たわ、いつもの髑髏のエフェクト――」

海面に奔る黒い稲妻‼　そしてクラーケンを背後から包むように髑髏のエフェクトが――！

直後、
パーーーーーーーーン!!

「な、なんやてぇぇえええ?!」

――ば、爆発したぁっぁあああ?!

ようやく武装を引っ張り出した水夫たちやシャリナの目の前で大爆発するクラーケン！

「あーあー。やっぱり……」

……そして、モーラだけは理解。

船長も、水夫長も、その他の乗客も呆然。

ギムリーですら、ボウガンをポロリと落として、茫然自失。

「……い、い、いやいやいや！ ど、どどど、どないなっとんねん?! 何が起こってん?!」

「いやも、どないも、なにも――」

はぁ……。ゲイルってば、マジ無双。

「――【即死】つきなのよ、あれ……」

……は？

「は、はぁあっぁあああ?!」

即死ぃいいいい?!

「お、おまッ！ た、短剣についててええ、デバフちゃうやろ？ え、【即死】？ え、マジか――?? え、アホなん？ え？ え？ どうぇぇえええええええええええ?!」

シャリナが壊れた……。

「は、はは……規格外とは思ってましたが、」

まさかこれほどとは……。呆れを通り越して畏怖すら感じるギムリー。

その目の前で頭部が爆散したクラーケンがグラァァと傾いでいき、
ザッパァァッァアアアアアン——！

そうして、即死のデバフで爆発し、あの凶暴なクラーケンが海に沈んでいく様子を見ながら、一人呟く。

……そう、マストの上でたった一人——。

ぶくぶくぶく……。

「……ええ、確信できます。アイツなら——ゲイル・ハミルトンなら、」

ギュッと握りしめた拳。

——そう。彼女を……ダークエルフを蝕む呪いすらもアッサリ解決してしまうかもしれない。

「……呪具師、ゲイル、か——」

そんなギムリーの心など知らずに、うわーん！ と年甲斐もなく泣いているゲイルを見て、

「う、うーん」やっぱり大丈夫じゃないかな？ と首を傾げるギムリーであった。

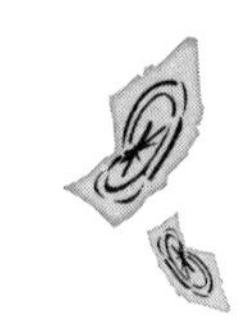

第6話「凪と嵐と大海原――」

S Rank party
kara kaiko sareta
[jugushi]

くぁーくぁーくぁー。

くぁっぁあああ……！

「だーもー！　くっさいわぁ！」

クラーケン戦のあとで、絶賛修理中の商船上空を、海鳥の群れが何やってんのと言わんばかりに、ベタ凪の中、旋回していく――。

だが、そんな視線には露程も気付かず、汗だくで甲板の上にへたり込むシャリナ。

「ほんっと、ひどい臭い……」

モーラも同じく、口元を覆いながらこの臭いに辟易。……確かに酷い臭いが充満している。

「あー……辛抱たまらんで――客も働かせよるし」

ぶつぶつ。シャリナは鍛冶の腕を見込まれ色々と修理に手を貸していたのだ。

……もっとも、本職の船大工ではないので、できることは限られていたが――。

「私も、魔力使い過ぎ――……」

そして、モーラはモーラでぐったり。それもそのはず。モーラは力仕事に勤しむ水夫たちに支援魔法をかけまくっていたのだ。そりゃー、もう、水夫たちが惚れんばかりに。

「もう、ほんと何やってんだか……」

あー疲れた。……客まで使って作業するなよな——と、愚痴りたくもなる。

「うー。俺も疲れたぜー」

そして、クラーケン討伐にもっとも尽力したであろうゲイルも、シャリナの横にどっこいせと腰を下ろす。

（注：船長らにはクラーケンが勝手に爆発したと思われているので、扱いが雑だったりする）

「あー暑い。この日差し、ホントたまんないなー……」

ふぅ、やれやれとタオルで汗をぬぐうゲイルであったが……プ～ンと香る何かの臭い——。

「ぶぁ、くっさ‼　な、何の臭いやねん、それ——お前もたいがい臭いで‼」

——ちょお、離れろ！

「な、なんだよ？　臭い？　そう？」

クンクンと、服を引っ張り臭いを嗅ぐゲイル。——うん、いつもの臭いじゃん？

「あっほぉ！　お前、死体置き場にでもおったんか⁉　くっさ‼」

隣に座ると、より一層プーンと臭うゲイル。ちょ、ちょっと、尋常ではない臭い——。

「……こいつ、さっきまであの船にいたのよ」

シャリナと違って、慣れた様子で鼻をつまむモーラが、くいくいと、親指で沈みかけの軍船を示す。

汗をぬぐうモーラは、こんなのは序の口と言わんばかりだ——。……って、ひどくない⁉

「あの船って……げぇ、クラーケンに齧られてた、あの軍船かいな」

視線の先――かろうじてプカプカ浮いているのは、かの軍船……その姿はまるで幽霊船。

南無南無……。

「んー？　臭いかなー？　甲板のクラーケン汁の方がにおわない？」

臭いわ!!

「「あと、クラーケン汁いうなしッ」」

確かに臭いけどぉ……。

「……で、なんや？　あないなとこまで行って――なんぞ、ええもんでもあったか？」

ゴシゴシと乱暴に顔を拭うシャリナ。ぷはぁ、と顔をあげれば上は憎たらしいくらいの快晴だ。

「んー？　いやぁ。浸水が激しくて、外からしか見れなかったよ。あちこち水没してたし……」

誰も、ボート出してくれないしー。

「あっほぅ！　このクソ忙しくしてた時に誰がそんな手間暇かけるかい！」

「そーよ！　第一、一人で見に行くことないでしょ！」

ゲイルってば、無理言った挙句、ボート借りて見に行ったらしい。

「じゃー、モーラ来てくれたの？」

「行くわけないでしょ!!」

もー。何が悲しくて、沈みかけの軍船に入るのよ！

「まぁまぁ、ゲイルさんがアレなのはいつものことじゃないですか」

お盆を抱えたギムリーが、薄着になってパタパタと手で顔を扇いで涼をとりながら現れる。

「はい、どーぞ」

「お、サンキュ」

「おおきに」

「あら、ありがとう」

素焼の瓶で冷やしておいたであろう果汁を差し出すギムリー。ゴッキュゴッキュ！　と南国果実を水で割ったであろうジュース。それをそのまま果実の器で飲めば気分はリゾートだ――。

「ふはぁああ！……って、アレってなんだよ、アレって!!」

シレッとディスるギムリー。

まぁ、いつものことだけど。

「もー……いいじゃない。暑いんだから、ピーピー騒がないでよ」

「ピーピーとは言ってない!!　ピーピーとはぁぁ！」

はいはい。

「ただでさえ暑いんやから、興奮すんなや――あーあつぅ」

脱ぎ脱ぎ。さすがに暑すぎて、薄着になる女子ーズにさりげなく目をそらすゲイル。

「それより、いつまでこのままやねん？　これ以上、ウチ等にできることなんてないで？」

「マストがやばいんですって――下手したら、ここで足止めよ」

クラーケンの襲撃は商船をボロボロにしていた。沈まないだけマシと言えばマシだけど――。

「えー。こんなとこで？」

マジでなんもないぞ？

「そらぁ、しゃーないか。ま、うだうだゆーてもどないもできひんわ。……休日やと思うて、ゆっくり休むんやな」

「あはは、さすがシャリナ。どっしりしてますねー。お腹とか」

おう。

「これでも鍛冶ギルドのマスターやで――って誰の腹がダルンダルンやねん!!」

あはははは！

そうしてしばらくはギャーギャー騒いでいた四人であった。……まぁ、たまにはこうしてノンビリするのも悪くはないか――。強烈な日差しだ。作業もそこそこに休憩とらないとな。

「イカが、ものっそい臭うけどな――」

「あと、ゲイルもね――」

うっさいな!!

「ったく……」

ゲイルはなんとなくゴロンと、あおむけになって、抜けるような空を見上げて手を伸ばす。

はー……休日ねぇ？

ゴロン、ゴロン。

「ん？　なに？」

「ちょぉ、詰めぇや」

なんでだよ。臭いんだろ、俺ぇ!!

「あちこちボロボロでいい場所がないのよ。ちょっと疲れたし――」

「あははー。モーラさん大人気でしたね」

さすが王都で五本指に入る支援魔法の使い手。

「ふん。さっさと陸にもどりたいだけよ」

「そこは同感――」

「ウチも右に同じやでぇ」

ベタ凪のおかげで揺れないのが幸いだが、それでも陸と海ではどうにもね――。

「短剣なくすし……」

しくしく。

「うっさいなー！　ウチかて槌なくしとるわ！　なんぞ、時間あったら代わりのモン作ったるで、それで我慢しとき！……ったく、あのイカめー」

今頃、深海でカニにつつかれとるやろな。

「えー。シャリナのセンス、微妙なんだよなー」

ゴンッ!!

「お前が言うな！　まー、お前にセンス褒められたら、逆にそれはそれで終わりやけどなッ！」

「ど、どういう意味だよ‼」

いったぁ……。俺の周りの女子はどうしてこう――。

「ったく、あーあー。いいことなにもないなー」

もう、海には二度と行かない。

「「「そこは同感」」」

みんなの思いが一致する中、

ゴロンと寝転がったゲイルと集まる三人の女子ーズが、のんびりと輪になっている。

頭を合わせて、抜けるような快晴を眺める――はぁ……いい空――――って、

「はぁ――いい空」

「あれ？　な、なんか曇ってきてない？」

ピカッ！　ゴロゴロ！

「そ、そうね？――雷の音もするし、心なしか肌寒いわ？」

ポッ。

ポツポツポツ。

「げ！　雨まで降ってきよったで！」

「あらー。これは荒れますねー」

遠くの空を見透かすギムリー。

どうやら、雷雲近し……。よく見れば海が真っ黒だ。

そして、あれよあれよというまに、空には急速に雲が発達していく。

……げ。なんか、すっげぇ揺れだしたし――――……あれ、これまずくない？

ざわざわ！

ざわざわ!!

「なんや、騒いどるな？」

「んー……。嵐がどうのって言ってますね？」

ギムリーの耳がぴくぴく。どうやら船長らの会話を拾っているらしい。

「……なんですかねー？　どうやら、巨大イカを倒したら、嵐が来るっていう迷信があるらしいですよ？――船長たちが『イカ嵐』って言ってますねぇ」

は？

「イ、」

イ、イ――、

「「「イカ嵐ぃぃいいいいいいいいい?!」」」

※　※　※

ごぉぉぉぉおおおお！

ごぉぉぉおおおおお!!

ザッパンザッパン!!

「うぉぇぇぇえええ！　ゆ、揺れとるぅぅう！」

「ちょ、シャリナさん、吐しゃ物がこっちに……って、オロロロロロ――」

ぎゃー！　モーラが貰いゲロしてるぅ！

雨を避けて、船室に避難した四人ではあったが、中もまぁひどいひどい!!

「うえ、臭いがすっごい――」

「ゲイルさんが、いうことじゃないですよー。あと女性に失礼ですよぉ」

「それどころじゃないだろ?!」

ゲイルは呪具の効果で、ギムリーは優れた三半規管のおかげで無事。

そして、モーラとシャリナは絶賛、船酔い中――。

「あーあー。もー。どうすんだろ、これ」

「んー。帆が張れない以上、嵐に耐えるしかないんでしょうけど――」

ばっしゃん！

　ばっしゃん！

「ぶわ！　つめた!!　って、これ海水?!」

隙間から入り込む海水。……ここ船室の中なのに?!

「――あらら。ちょ～っとまずいかもしれませんねー」

ただでさえクラーケンにボッコボコにされた商船だ。

そこに嵐とくれば…………え？　うわ、浸水量、増えてない?!

「ま、まさか、沈む？」

「あははー。だいぶその可能性は高いかと――」

……って、ええええええええええええええええ⁈　沈むのぉぉお⁈

「……ちょ、ちょっと今の話ほんとう⁈」

「お、おいおい！　聞き捨てならんでぇ！　し、沈むとかウチ聞いとらんでぇえ！」

「そりゃ、誰も言いませんよー」

船酔いも忘れてギムリーに詰め寄るモーラとシャリナ。

「まぁまぁまぁまぁ、落ち着いて――。たしか、船長さんが救難信号出してましたし、そのうち、他の船が通りかかりますよ」

いや、のろしって……。

「こないな広い海で、ピンポイントかつこのタイミングで、他の船が来る確率って、なんぼあるねん‼」

「あははー。万に一つかと――」

それはゼロっていうんやぁぁっぁああ‼

「だいたい、なんでお前はそんな憶測でかつ、淡い希望に縋れんねん！　しかも、その余裕どっから来とんねん‼」

んー。

「――泳ぐのは得意ですし？」

「あっほぉ‼　それは沈む前提やないかい‼　だいたい、うちは泳げんわ‼」

「あはは！　鍛冶師なだけに？」

「そうそう、金づちでなー……って、じゃかましいわ、ぼけぇぇぇぇ！」

ギャーギャーと狭い船室を駆け回るシャリナとギムリー。

「あははは、元気ねー……」

モーラはさすがにあそこまで突き抜けられない。そしてこの男も――。

「う～ん。とすると、まずいなー……」

「あ、あーら、アンタも珍しく焦ってるわね」

そういえば、ゲイルも青い顔をしている。

さすがに海で遭難とくれば、呪具師にはどうしようもないだろう。

「当たり前だろ？――沈んじゃどうにもできないし……」

心配そうに窓をみるゲイル。

「そ、そうよね――で、でも、大丈夫よ！　支援魔法には泳ぎの補助魔法くらいあるんだから」

ニコッ。

モーラも泳ぎが得意というわけではないが、それを援護する魔法は覚えている。

水中呼吸に水上歩行――支援魔法はこのあたりが妥当だ。

四人分くらいならモーラでもなんとかなる。ほかの人は、その、ゴニョゴニョだけど――。

「ん？　ほんと⁈　じゃ、水上歩行って、船も浮かべられるの？」

はぁ？

「そんなの無理に決まってんでしょ」

何言ってんのコイツ――。

「じゃ、どうしようもないなー」

「い、いや、だから、沈んだ時は助けてあげるっていってるじゃない――」

モジモジ顔のモーラさん。

「いや、俺が気になるのは、あっちの船だよ――」

ついつい。

「は？　あっちって、」

ボロボロの軍船を指さすゲイル。……って、あっ、ちぃぃいいい?!

「いやいやいや、馬鹿なの?!　な～んで、あっちの船心配してんのよ!!　もう誰も乗ってないわよ!!　だいたい、あんなボロ船――今にも沈むわよ！」

「そうだよ。だから心配してんじゃん！」

いや、だからぁ――……って、まさか。

「げ、ゲイル、アンタもしかして――」

「ん？　どうしたのモーラ」

くんくん。――な～んか臭いと思ったら、

「……あんた、それ出しなさいよ！」

「へ？　それって……あーこれ？」

ゲイルが荷物袋に突っ込んでいた不自然に長いもの。

「へへ、いいでしょ――」

にょき。

「じゃーん！　水死体からとった剣――♪」

パ～♪　パラ～♪

　パラララ♪　パッパ♪

「ゴンッ！」

「いッだぁぁあ！」

いっだぁじゃないわ!!

「な～んか、臭いと思ったら、それのせいか!!　それ、昼間にうちに持ってきたんかーい!!」

「へへ」

「『へへ』じゃないわよ、ばかぁ！　なぁにが、『ありましたー』だ！　はやく捨てなさいよ！

罰当たりなぁ！」

さすが元軍船。色々ありましたー。

「なんでだよ？　落ちたものは俺の物！　アンデッドの物も俺の物でしょー？」

なんだその謎理論!!　確かに所有者不明のものは冒険者が回収してもいいんだけどぉぉ！

……って、

「――ア、アンデッドぉぉおおおおお?!　う、嘘？　ここ海の真ん中よ?!　ど、どこにい

休眠してたから、失敬してきた。へへ」

「そんなわけないじゃん？　死体は死体だけど、アンデッドだよ？

ん？

たの?!　そ、それ、死体から回収したんじゃないの?!」

え？

「アンデッドがいたの?!　え？　まさか、あの船に?!　え？」

だから、へへ。じゃねーわ!!　なんだその重要な情報!!

「……あ、あれ、アンデッドの船なの??」

「そーだよ？」

そーだよ？……って、おま――。

あっけらかんと言ったゲイルの背後。

丸窓の方に見える不気味なシルエットが、稲光に一瞬浮かび上がる――！

ピカッ！

「ちょ……」

あの船……動いてない？

ギィ……。

　ギィ……。

見る見るうちに、モーラの顔が引きつっていく。そしてあれよあれよという間に近づいてくる元軍船。

船。

アンデッド。

嵐とくれば――……。

「ご、ご、ご――」

――幽霊船（ゴーストシップ）じゃないのぉぉぉぉぉおおおおおおお！

第7話「追撃ッ！　幽霊船」

S Rank party
kara kaiko sareta
[jugushi]

カンカンカン!!

　カンカンカン!!

またまた警鐘が鳴り響く商船。

モーラの嫌な予感が的中した瞬間、商船中が再び喧騒につつまれる。

そして、船室の外を水夫たちが駆け回り、船長が大声で呼びかけるのだ。

「緊急事態発生、緊急事態発生！　お客様の中に冒険者は――」

ゴンッ!!

「それは、もうええっちゅうねん！」

「いっだー！」

船長をぶん殴って黙らせるとバリスタを担いだシャリナが船室から一番に飛び出し戦闘態勢。

「アッホぅ、ほんまに、すぐに客を戦わせようとすんな！――って、来たぁぁあ?!」

『うううううぅー!!』

――ざばぁぁ！

浸水のせいで乾舷の低くなった商船の欄干を易々と越えてきた人影多数。

「なんやコイツら?!　ブッ……こ、この臭い――ちぃぃい！　アンデッドやでぇ！」

――どりゃぁっぁあ！

ぼぉん！

海から這(は)い上がって来たアンデッドを蹴(け)り飛ばすシャリナ！

その蹴りを食(く)らってあっさりと爆散する水死体(ウォーターアンデッド)ゾンビであったが……。

「……ぶわ、くっさー！」

その瞬間、飛び散った強烈な腐肉(ふにく)の臭いが甲板に立ち込める。

「あーぐちゃぐちゃ、もったいねー」

「うう！　これってなんなのー？」

「船幽霊(シーゴースト)ってやつですかねー？」

ひょこひょこっとシャリナを盾(たて)に、恐(おそ)る恐る顔を出すゲイルとモーラとギムリー。

「って、ウチを盾にすんな!!」

ギャーギャーと相変わらずやかましい四人組。

その目の前には続々と這いあがってくるゾンビがうじゃうじゃと！

「あ、嵐に紛(まぎ)れて這いあがってきよるぞ？」

――って、ゲイルぅぅう！

「おま！　何をシレっと『もったいない』とかいうとんねん!!　どこがもったいないねん！

つか、どないなっとんねんこれぇ?!　う、海のど真ん中やぞ？　こんなんどっから来よってん?!」

　シャリナの言う通り、ほんと、いったいどこから――。

「シ、シャリナさん！　あれよ！」

　モーラの指さす方向。手で庇を作って確認すると、例の軍船がギィギィと軋み音をあげながら接近中だ。

「う、動いとる……？」

　さらには、その甲板には次々とアンデッドが這い出し、海を渡り商船へとむかってくる――。

「げぇー……あそこからか?!」

「うひゃー。まるで移動するダンジョンですねぇ」

　言いえて妙といったところか。

「……こらぁ、良ぅないでぇ。こっちは動けんのに、向こうはおかまいなしや」

　確かにその通り。

「しゃぁないなー。やるだけやるでぇ」

「ひゅ～シャリナ、男前ぇ！」

　ぺっぺっ！　と手に唾を吐いてこすり、バリスタを構えるシャリナ。

「茶化すな！――おぃ、ギの字ぃ……後ろは任せたでぇ」

「はいはい、任されますよぉ。……それにしても、参りましたねー。クラーケンに続いて、幽霊船ですかぁ。さすがにお腹いっぱいですよぉ」

飄々とした様子のギムリーもすでに臨戦態勢。死角から近づくアンデッドを――スパパァン！　と短剣で切り飛ばし、二体、三体と鮮やかな手つきで、さばいていく。

「ひーふーみー……うわー、いっぱいいますねー」

うげぇと嫌そうな顔のギムリー。

「言うな。こっちもいっぱいいっぱいや！　どらっぁぁあ！」

そして、ドキュン――と、バリスタの一撃でまとめて数体吹っ飛ばしたシャリナ――……。

「……で、なんでお前はそんなにソワソワしとんねん?!」

「え?　いやぁ、だってさー……あの船が沈みそうで沈みそうで――」

ズルゥゥ!!

「あっほぅ！――嵐の海で、敵の船の心配しとるやつがあるか、馬鹿たれぇ！」

「あ、あはは。ゲイルさんはホントぶれませんねー」

でも、

「ゲイルさん――幽霊船は沈みませんよぉ?」

……え?

「そ、そうなんですか?!」

「まぁ、一般的にはそう言われてますねー。バラバラにすれば別なんでしょうけど――ほら、死体が死なないのと同じで、」

沈んだ船は、沈まない――。

「おー！　なるほど！」

ぽんっ！

「――船のアンデッドかぁ!!」

「納得すなッ!!」

合点がいったとばかりに手を打つゲイル。

「アンタ、目ぇキラッキラよねぇ……！」

ほんと、この非常事態にぃ！　「うげぇ」、と言わんばかりのモーラ。

「へへ」

「だから、褒めてんじゃないわよッ!!」

まぁまぁ。

「それよりも、キリがありませんねー。どうします？」

「そらぁ、戦うか、逃げるかの二択しかあらへんッッやろぉぉお！」

うらぁぁ！――ドカーン!!　と、数体まとめて、蹴り飛ばすシャリナ。

「……ま！　逃げる場所もあらへんけどなぁ！」

返す刀で再装填したバリスタをぶち込み――ズドンッ！　と残りを海に叩き込むと、手をプラプラ振って痺れを取る。さすがにシャリナでもバリスタの連射はきつそうだ。

「ま、そうですねぇ！――ほっ！」

トンッ!! と、突っ込んできたアンデッドの頭を踏み台に、重力を感じさせない仕草でふわりと舞い上がるギムリー。そのまま、くるっとムーンサルトを決めると群がるアンデッドに狙いをつける！

「シィ！」

――シュッバァッ!! と、両の手の五指に挟んだ棒手裏剣でまとめて複数体を打ち倒す！

そして、

「ひゅ～！ じゃー……俺も、解呪、解呪ー♪」

ゲイルも素材回収ついでに一体ずつ丁寧に解呪していくと、ボッロォォ……と崩れ落ちていくアンデッドたち。さらに、

「もう……。戦闘職二人の能力向上……二人分はさすがにきついけど。やるしかないわね――……はぁぁ！」

モーラはシャリナとギムリーの二人を支援魔法で援護する！

――全能力向上!!

ア～ンド

――環境適応!!

カッ――……！

「おぉ！」「これはぁぁ！」

「漲って来たぁぁぁあああ♪」

ビキビキビキッ……！

パワー全開、一気に攻勢に移るシャリナとギムリー！　これぞ、素晴らしき連携ッッ！

さらに！

「おー！　しかも、雨を弾いとるで！　こりゃええ——よっしゃ、いくでぇえ！」

「はいは～い、いッきますよぉ！」

——でりゃぁっぁあああああ!!

——とりゃぁっぁああああああ!!

ズババババババババッ!!

二人は、持てる武器を使って、無数のアンデッドを薙ぎ払うッ！　この不安定な足場で大雨に振られているというのに、まったく動きが阻害されていない。……でもこれって、

「使いどころが難しいのよ、この魔法——」

かなり消耗しているのか、モーラはつらそうに答える。どうやら、全能力向上と同時に掛けた環境適応は、相当に魔力を消耗するらしい。

だが、そのおかげで、シャリナはバリスタを連射し、しなやかな足でアンデッドを薙ぎ払い。その攻撃から漏れたアンデッドをギムリーが確実に仕留めていく。

『『『うぅあああああああぁぁぁああ！』』』

そうして、あっという間にアンデッドを半分ばかり叩き伏せると、残りはゲイルのお仕事だあぁぁ！

「おーし、負ッけないぞー。解呪祭だー♪」

ほいほいほいッ!!

もちろん、ゲイルもおこぼれのアンデッドを解呪で仕留めて、ボロボロと崩れる彼(かれ)らを受け止め、「やったぜ！」と、多数の素材を抱えてホックホク！

……それでも。

……それでも、

『『『ゔゔゔゔゔゔー!!』』』

それでもッッ！

——ゔゔあああああああぁぁぁああ！

「クッソがぁっぁあああ！　何ちゅう数やぁ!!」

「ま、まずいですねぇ！」

——それでも、無数のアンデッドが海から這い上がってくる！

「く……こっちも、もう——限界……」

魔力の尽(つ)きかけたモーラがガクリと膝(ひざ)をつく。そこに襲(おそ)い掛(か)かるアンデッド!!

「——モの字ぃぃ?!」

ちぃ!!

すかさずフォローに入るシャリナ。だが、さすがにバリスタの装填が追い付かず、モーラを庇(かば)って腐臭漂(ふしゅうただよ)うアンデッドに組み敷(く)かれそうになるシャリナ。

ギリギリギリ……！

「くッ——こなくそぉ！」

「こ、こっちも限界ですぅ……！」

ギムリーも援護したいが、どうやら暗器を打ち尽くしたのか防戦一方！　短剣をクロスしたところで、ギムリーもアンデッドに押し込まれていく。もちろん、モーラも二人の邪魔になるまいとするが、全力で魔力を注ぎ続けた結果、肩で息をして立っているのが精一杯。

……ダ、ダメ！

「ま、魔力が……切れる——！」

いま魔力が尽きれば、ギリギリで持たせているギムリー達の戦線までもが破られる……！

万事休す——パーティの防衛線は今にも崩壊寸前ッ。

もう、限……界——！

し、し、死ぬ——。死ぬ——……。

モーラも、シャリナも、ギムリーも……。

死……死……死——。

べったりと背中に死神が張り付いたような感覚についに感情が爆発する!!

う、

「「「……う、う、うわぁっぁぁああああああああああああああああああああ！」」」

モーラ達の絶叫がアンデッドに呑み込まれ、

まさに、絶体絶命――……。

…………なのに!!

「うッひょぉぉぉぉぉおおおおおおいい♪」

――大量だぁっぁあああああい!!

「「「……って、」」」

ずるぅぅ！

「た、」「たた、」「大量ぉぉお??」

場違いな歓声を上げるゲイルに一斉にコケる三人。

いつの間にか周囲のアンデッドがボロボロと崩れていく。

「ななな」「な、なんやぁ?」「ゲ、ゲイルさん……?」

疲労困憊の三人が顔を上げて見た光景。

「――解呪、解呪、解呪、解呪ーーッ♪」

モーラ達が死線をくぐる中、ゲイルはアンデッドを次々に解呪し、

ほいさ♪　ほいさ♪　ほいさっさー♪　と、いい笑顔でまぁ。ホントいーい笑顔！

「あ、これ貰っていい?」とばかりに、モーラやシャリナを組み敷いていたアンデッドをむんずと掴んで、解呪してから袋に詰めていく。

それはもう、慣れた様子で、一人で無双して、モーラ達から離れると、今度は単身アンデッドの群れに突っ込んでいく。まるで、自らアンデッドの群れに呑み込まれていったようにも見

えるが、ゲイルの顔ときたら、まぁ朗らか全開！

　解呪しては袋に詰め、
　　解呪しては袋に詰め、

「大量、大量♪」

　それはもう、次々と、次々と！　無数の白い霊魂となって上っていくアンデッドを見送り、汗だくになりながらいそいそと素材を回収していく――って、

「ホイサッ、ホイサッ、ホイサッサ～♪……って、モーラどうしたん？」

　ゴゴゴゴゴゴ――……。

　ゆら～りと立ち上がるモーラ――。

　すぅぅ……。

「――ビュッフェみたいに、ゾンビ集めてんじゃないわよぉぉぉおお！」

　ゲシィイイイ！　と、一閃ッ。

「いったぁぁああ！」

　モーラのカカトがゲイルの尻に命中！

「な、なにすんだよ！　やめろよ、ケツが割れるだろ！　あー……！　少し落ちたぁぁぁ！」

　ボッチャ～～～～ン♪　ぶくぶくぶく。

　袋からあふれたゾンビの顔が数個ほど、恨めし気に海に沈んでいく様を涙目で見送るゲイル。

「あー落ちた――じゃないわよ！　なぁにが、『うぉぉお、大量だぁぁぁあ♪　解呪の解呪、

解っじゅーぅ♪』よ！　ホイサホイサ♪　歌ってんじゃないわよ‼」

えー。

「なにが『えー！』よ、バぁカ‼　アンタ、馬ぁ鹿‼　戦闘中にゾンビを袋詰めにしてるのアンタくらいよ‼——っていうか、アンタは主婦かぁぁ‼」

——あと、ケツは最初から割れとるわぁぁあ‼

「……ちゃんと連携しなさいよ！　ばぁか‼」

「主婦じゃねーよ。もー……なにすんだよ、バカバカ、バカバカひどくな〜い？　ちゃんと援護してるじゃーん！…………こうでもしないと、みんな海に落としちゃうしー」

ぶー。

「『じゃーん』でも、『ちゃうしー』でもない‼——もうッ、わかりなさいよ！　臭い！　クソ邪魔！　あと、クッソ戦闘中でしょ！」

３Ｋよ３Ｋ——‼

「——集中しなさいよ集中！　まったくもーう‼　あといい年こいて、ぶー垂れるなぁ！」

「あ、あはは、モーラさん、お母さんみたいですねー」

「茶化さない‼」

誰がお母さんだ‼　まったくもー。

とはいえ……、

「まぁまぁ、無事だったんだからいいじゃないですか」

はー……と深いため息をつくギムリー。

……まったくもってその通り。ゲイルのおかげで切り抜けられたのも事実……。

「無事ではないけどな――あ～、くッさぁ！……ったく相変わらず、とんでもないやっちゃで。まさか一人で全部倒しよるとは――」

あきれて周囲を見渡す(みわた)シャリナ。甲板にはボロボロに崩れたアンデッドの残骸(ざんがい)が波に洗われていくのみ。武器で倒しただけではこうはならないだろう――……って、

「ん、んんー?!……いやいや、待て待てぇぇぇい!!　おかしいおかしい!!　色々おかしいで?!　お、おおお、おま――?!　ゲイル、おまッ、なんやそれ？」

「ん？　なに?……それって??」

「――『ん？　なに?』と、ちゃうわぁぁあ！」

ど、ど、どないなっとんねーん！

「おま?!　解呪?!　さっきどうやってアンデッドを?!　か、解呪したぁぁぁ?!」

「あ。……そ、そういえば、ゲイルさんって、す、素手(すで)でアンデッド倒せるんですかぁ？」

目を丸くしたシャリナとギムリー。

モーラは一瞬(いっしゅん)、考えたが――………あ！

「そ、そうだった。そうなのよ、こいつってば、」

ゲイルと長い付き合いのせいか、当たり前になりすぎて忘れていたけど――。

かくかくしかじか――。

モーラ説明中……。

「「…………えええええええええええ?!」」

――アンデッドを【解呪】できるぅぅうう⁉

「き、聞いとらへんでそんな話ぃぃい！」

「は、初耳ですよ、そんな話ぃぃい!!」

そりゃそうだ。

ぶっちゃけ、大発見に近いレベルの話で、モーラも先日まで知らなかったくらいだ。

「んー？　そんなに大したことじゃないよ？　それより――」

ぐッすん。

「うぅ、モーラのせいで少し落としちゃったよ。しくしく」

アッホゥ!!

「ぐッすん……とちゃうわぁ！　倒せるなら倒せるて、最初から言えや！　死ぬとこやったやろが!!」

「あ、あはは。確かに――でもまぁ、助かっただけでも、よしとしましょうよ。幸い船にも大した損害でてませんし――」

ギムリーが優しぃー。

「うぅー」

なでなで。

「でも、抱き着かないでくださいねー臭いでぇす」

く、臭くないわぁぁぁ!!

「ったく、甘いやっちゃなー。まーええわい。実際、そこまで強いアンデッドと違うたみたいやし――――って、どわあぁ!!」

ひゅるるるるるるるる――――どかんッ!!　どかーん!!

「……こ、今度はなんやぁ?!」

シャリナの目の前になんか降ってきた。そいつは船体に穴が空くほど強力なナニか――。

「ん、んー。なんやこれ?」

思わず、持ち上げるとずっしりと重い……。

「――こ、これぁ、投石機の弾かぁ?!」

ど、どこから――って、あれかぁぁ?!

「あの船……う、撃ってきよったんかいな?!　って、」

ケタケタケタケタケタッ!

「ひぇぇぇ?!　な、な、なんやこれぇ?!　ほ、砲弾が笑っとるでぇ?!」

「おわぉう♪　骸骨ぅ!」

い〜素材ですぅ!

「もーらい!」――しゃッ♪

さっそく、命中した骸骨を袋に、ゴソゴソ。

「う～ん絶っレア！」

「拾うなッ！」

スパコーン！

「な、なんでぇ？」

「『な、なんでぇ？』とちゃうわぁぁぁあ――むしろ『なんでぇ』がなんでや!!　って、」

どかーん！

　どかーん！

「どわぁっぁああ！　またかぁぁあ?!　なんでウチばっか狙いよるねん」

――ケタケタケタケタッ♪

砲撃が立つ続けに、シャリナの間近に命中、どうやら砲弾はすべて頭蓋骨らしい！

「おー。いいねぇ……」

よし。こっちは、取り合えず磨いてみよう――。

キユッキユと。

「磨くなッ！」

ぶーん！

「ああああ！　捨てようとするなよぉ！」

「捨てるわぁぁッ！　海で死んだんや！　海に還したるのが筋やろが！――そんなことより、こらぁまずいでぇ！」

メキ、メキメキメキ……。

み、見ろ！

「砲撃で——ふ、船がもたんでぇぇ!?」

メキメキメキメキメキ————……！

「や、やばいわぁッ——メインマストがぁっぁあああああ！」

「な、ちょ!?　それ大丈夫なの?!」

だ、だ、

「だ、大丈夫なわけあらへんやろ——」

た、——退避ぃいいいいいいいいい!!

ドカーーーーーーーーーーン!!

「「「うわっぁぁあああああ！」」」

数発の砲弾が命中したせいか、マストを支える台座ごと崩壊！

その衝撃でゴロンゴロン！　と転がっていくゲイル達。

「うわっちゃー。こりゃもうダメですねー」

ちゃっかりと、ギムリーだけは倒壊したマストの残骸に乗って商船全部を俯瞰して言った。

「あ〜らら、船倉に穴、そしてメインマスト倒壊ですか——あはは、これは沈みまーす！」

「シズミマース、とちゃうわぁっぁあああ！」

ああああああ!!

「ボート!!　ボートはあらへんのか?!」

「全部流れましたー」

あはは。

「あはは、とちゃうわぁぁあああ！　あーーーいややぁぁあ、ウチ、死にとうないでぇっぇえ！」

ぎゃー！　と頭を抱えるシャリナと、余裕しゃくしゃくのギムリー。

船長や水夫が必死で復旧を試みているが、もう焼石に水なのは明らかだ。

「大丈夫ですよー。水温はそんなに低くないですよー」

「アホォ！　何の慰めになんねん?!　ウチ泳げんちゅうとるやろぉぉお！」

――うわーん！　まだ、乙女やのにー！

「うぅ、どうしよう。私も水上歩行の魔法を使いたいけど、その魔力も残ってないわ」

青い顔のモーラ。

えぐ、えぐっと子供のように泣くシャリナの頭を抱えながら、決意を込めて言う。

「や、やむを得ないわね――少しでも軽くしましょう」

……漂流は免れないだろう。だからせめて生存率を上げようと、カランッ！　と、魔法杖を手放すモーラ。護身用のナイフも、道具袋も……。

その様子に、もう打つ手はないとばかりに乗客たちの間にも絶望感が広がっていく。

ボートは流され、マストは倒壊。嵐の海で船倉からは絶え間なく浸水。

そして、幽霊船はついに接舷し、アンデッドを移乗させようと待ち構え、ゲイルはみんなの荷物の回収に忙しい――――……。

「アンデッドにやられるのが先か――」

「おぼれ死ぬのが先か――」

諦めに近い目でその瞬間を待つモーラ達。そして、
ドカーン！　メリメリメリ！

「ぎぇえ、今度はなんやぁぁ?!」

「キャー！　幽霊船が突っ込んできたみたいぃぃぃ」

バキバキ、メリィ……！

「もう、だめぇぇえ!!」

「あかーん!!」

さすがにモーラも死を覚悟する。ギュッと、泣きじゃくるシャリナを抱きしめて――――……。

「――って、アンタはこんな時に何やってんのよ!!」

みんなが放棄した荷物をギュギュッと縛ってひとまとめ。それをヒョイッと担ぐと、

「ん?――みんなの集めてるんだけど?　沈む前に回収しないの?」

いそ、いそ……。って、

「は、はあぁあ?」

オマエハナニヲイッテルンダ??

「お前は何を言ってるんだ⁈」

ＹＯＵは言葉が通じますかー⁈　少しでも体を軽くしろって言ってんのよぉぉお⁈

「今から、沈むのよ⁈」

「知ってるけど？」

知ってたらぁっぁあああ！

「もっと、こうなんかあるでしょ、こう――リアクションがぁっぁあああ！」

「え？　別にこっちに移ればいいじゃん？」

――せっかく来てくれたんだし？

「ＷＨＡＴ？」

モーラのハテナ顔。

っていうか、みんなハテナ顔。ギムリーだけがなんとなくわかった気になっていて――。

「こっちって？」

メリメリメリ……！

『『――ゔゔあ゙あ゙あ゙あ゙あ゙あ゙あ゙あ゙ぁ゙ぁ゙ぁ゙あ゙あ゙！』』

こっちぃぃぃぃぃいいいいいいい⁈

「幽霊船じゃないの⁈」

「幽霊船だね？――――はい、大解呪」

ぶわっ‼

「ちょわ！　ま、まぶし！」

「な?!　アンタ、まさかぁぁ！」

一度見たことのあるモーラですら驚愕。でも。ま、まさか、船ごとぉ?!

「な、なんですか、これはぁぁぁ!?」

海上に迸る解呪の魔方陣!!

巨大なそれが海をさまよう無数の魂を浄化していくッッッ――――今!!

――――カッ!!

――うゔあぁあああぁあああ…………！

ボーーーーーーンッ！　と、まるで爆発でもしたかのように呪いから解放されるアンデッド達。それはゲイルの大解呪の炸裂とともにアンデッドの呪縛から解放された者の凱歌だった。

彼ら船幽霊達は皆、一様に両手を天にかざして笑う。それは、ほんのつかの間の出来事――。

……まるで真昼のように真っ白な光に包まれた海上が明るく照らされたかと思うと、浄化された魂が空へと還っていく。

――おぉぉぉぉぉぉぉおおおおおおおん……。

静かに、
優しく、
美しく、

「おぉーいっぱい、いたなー」

超範囲型の解呪によって、海の底で死んだ者も、同時に解放されたらしい。

水面を揺蕩い消えていく数多の霊魂。そして、幽霊船の元乗員たちもボロボロと崩れていき、生前のとてもいい顔を残して消えていく——。

最後に……。


ビシッ！

『——総員、敬礼ッ』

「ん——……派手だねー！」


た～まや～。

花火のように上っていく魂とともに、船幽霊一同敬礼！　もちろん、律儀に最後まで敬礼をして去っていったのは、海軍の制服をきちっと着こなした将官らしき人だ。

彼（？）は剣を正眼に垂直に構えて、振り下ろし、海軍式に礼をつくすと、笑顔で——最後の最後にゲイルに礼を言って……消えていく。

そして、ふわり、ふわりと、彼らの魂が消える瞬間——その光が映写機のように、ほんの……ほんの刹那ではあるが、激しくクラーケンと戦い、勇敢に散っていった彼らの雄姿が見えた気がした。


「あ、あははは——な、なんですか、これ」

呆然としているのはギムリー。いや、ギムリーだけではない。モーラもシャリナも——商船の乗員も……。全員が呆然としていた。

「ん？　乗らないのー？」

よいっしょっと。ぽーい！　と、ばかりに大量の荷物を幽霊船――いや、元幽霊船にのせると、オッサンくさい掛け声とともにさっさと乗り込んでしまったゲイル――……。って、

「「「「どぅええええええええええええええええええええええええええええ?!」」」」

全員の驚愕の声が見事にかぶった瞬間であった。

※　※　※

「帆を張れぇっぇえええええ！」

「錨あげー！」

――荷物を移せぇぇぇえ！

よーいしょ！

よーいしょ!!

威勢のいい掛け声が響くなか、ぼんやりと海を眺めるモーラ。

くぁー
くぁー
いつの間にか嵐は去って、海鳥が新しい船をなんだなんだと見下ろしている。

……そうして、かろうじて浮かんでいた商船が、最後の荷物を移し終わると同時にぶくぶくと沈んでいった。

「マ……マジ？」

いまだ信じられず、一晩中呆然としていたモーラ。ようやく起動し、欄干に手をかけようとしてそこについているフジツボやら海藻を見て顔をしかめた。あぁ、本当に幽霊船だったんだわ、これ。

「あら、モーラさんも無事ですかぁ」

タオルで頭をゴシゴシやりながらギムリーがやってくる。

そのついでにモーラの頭にもタオルをかけながら、

「いやー……昨晩はびっくりしましたねー、ゲイルさん。ちょ〜〜〜っとばかり、おかしい人だと思ってましたけど、レベルが違いましたねぇ……」

「あ、あはは」

モーラも頭をごしごし。海水と豪雨の汚れを拭き落とす。

っていうか……あれはもはや、レベルがどうのこうのの話ではない。

今も、あたりを見回すとゲイルが施した呪印があちこちに。

昨日、移乗するや否や、ゲイルときたら一晩中、嬉々として船の甲板やら側面になにやら、拾った素材を使ってガリガリ書きつけていたのだ。本人曰く、符呪なんだそうで……。

「え、ええ、ホンット……」

いかれてるわ。

呪いの定着……？　つまり、幽霊船を呪具にしちゃった……？

「アホやん」

「あはは、同感です――」

で――。

「なんで、こいつらはこんな嬉しそうなのよ」

あきれ顔のモーラの前にはホックホク顔のゲイルとシャリナ。あ、船長もいるし……。

「いやー！　大量大量！　新鮮アンデッド素材たっぷり」

うん、骸骨だね。

「ふへへ、ウチもええもん、ぎょーうさん見つけたでぇぇぇ。帝国製の軍用武器が山ほどや！」

うん、物騒だね。

「がっはっは！　儲けた儲けた！　軍用金らしき、金塊たっぷり」

うん、横領だね。

「「「いやー、よかったよかったぁっぁあ」」」

……………すぅう、

「いいわけあるかぁぁああああああ！」

メギャーン!!

「うわ！　なになに?!　なに、モーラ?!」

「なんやなんや、モの字ぃ?」

「ひぇ、またこの人怒ってる！」

怒ってる!!　じゃないわ!!

だいたい、客にビビってんじゃないわ、船長ぉ！　海賊みたいな見た目のくせにぃ！

「っていうか、何よ？　シャリナさんまで一緒になって――」

「ん？　なんかおかしかったか？」

別に、うちはゲイルの母ちゃんとちゃうでぇと言わんばかり。

大量の武器を肩にのせ、腕にもたくさん抱えている。

「おッかしいわよ！　それなによ?!」

「お、気づいたかぁ？」

気づくわ!!

「へへ、見てみぃ、軍用のクロスボウに戦斧やでぇ、こらぁ帝国製やなー。海水に浸かっとったけど、磨けばまだまだ使えるでぇ」

キラッキラの目で武器に頬ずりするシャリナ。う～ん、この目どっかで見たような――。

で――。

「アンタのそれはなにぃぃいいい！　ツッコミどころ満載でどう言えっていうのよ?!」

骸骨か?!　水死体か!?　っていうか、くせぇぇぇえええええ！

「ん？　新鮮アンデッド素材。へへ」

「へへとちゃうわ、バカー!!」

もう、なにこいつ？　殺人鬼?!　死体を山ほど抱えて満面の笑みとか――こわっ!!

「って、アンデッドの時点で新鮮じゃないわよ！　腐ってるわよ！　そして、臭いわよぉぉお」

あーーーもーーーーーー!!

「あはは、モーラさんも大変ですねぇ」

ギムリーは、慣れっこというか、あんまり気にしてないし——。

「で、アンタぁぁああ！　アンタは何をシレッと、一人で金塊かかえとんねーーーーーーーん!!」

コイツは!!　コイツはぁぁぁあ！

「ふふん、海のものは海のもの、海の男のものは俺のもの——」

キリリ。

「キリリとちゃうわ！　アンタ昨晩逃げ回ってて良く言えるわねー」

しかも、その金塊、幽霊船にあったやつでしょ?!——帝国のじゃん!!

「違う違う。沈んだ船なら、サルベージした側に権利が移るから、これ法律だから」

嘘(うそ)つけ。っていうか、サルベージもなにも幽霊船自ら突(つ)っ込んできたからね!!

「まぁまぁ、船長が今後この船を使うっていうし、いいんじゃない？」

「アンタはもうちょい、物事深く考えなさいよ!!」

って、

「この船使うのぉぉぉぉおおお?!」

「イエス！」

キランッ！　と歯を輝(かがや)かせる船長。いい笑顔です——って、アホか!!

「幽霊船だっちゅーーーーの！」

「はっはっは！　元だよ元——というわけで、当船は元の航路にもどりまーす」

というわけで、ようそろ!!

「「ようそろ！」」

お前んとこの水夫ノリいいなぁ!!　順応早いしぃ!!

「はっはっは！　おもかーじ、いっぱ——い」

ガシッ！　といい顔で総舵輪を握った船長であったが、ふとモーラが気づく——。

「……あ、でもこれって一応呪具なのよね？」

「一応ってなんだよ、一応って」

——れっきとした呪具だっつの！

ブーと口を尖らせたゲイルが、いきいきと性能紹介。

「ごっほん。……これは、野生の幽霊船を素材とした船型呪具——。性能はもちろん優秀な自慢の一品でーす！」

あー、はじまちゃった。

「ふふふ、元は帝国製の大型船（シャリナ曰く）で、それがアンデッド化したことで、な、な、なんと！　【快速】と【不沈】の絶大なる効果つき——！　今回はその効果を最大限にいかしつつ、手持ちのアンデッド素材で呪いを定着させただけでなく、昨夜の見事な突撃から着想をえた「衝角攻撃」を付与しました！　これには、アンデッド船長の剣と頭蓋骨をつかっており、先端に彼の雄姿がいまもみられるはず――。そしてさらにさらに！！　じゃじゃーん♪　海洋船舶の利点を活かして、水属性攻撃＋１００％上昇と水属性防御＋２００％が常時付与されまーす！……ふっふっふ。もちろんわかってますよ、奥さーん。そう火！　火ですよねー。船の上で火事となればさぁ大変!!　なので、ババーーン♪　このお船、火属性耐性も付与しちゃいましたぁぁぁ！　もちろん、元乗員の鬼火からインスピレーションを得たわけなんだけど、やっぱり元乗員なだけあって、いやー。よく符呪がのるのる！　こりゃ、大発見だったねー。そして、最後に――ダララララ♪　じゃん！　防錆加工ぉぉぉおおおおう!!　オマケに投石機の発射速度マシマシ効果もつけときました！…………もちろん呪われてます！」

キリリ。

「「「すっごい早口」」」

って、あ。

「……最後のって、あー……やっぱもういいわ」

「ん？」

どうせ手遅れだし。

「呪具だもんね？」

「へへ」

褒めてない褒めてない。ほら。船長、総舵輪もう握っちゃってますし――？

「よーし！　野郎ども――錨を上げろぉぉお！　進路、北北東――って、」

ヌォォォオオン！

　ヌォォォオオオン!!

「な、な、な、な――」

いつもの髑髏（どくろ）のエフェクトが船長にまとわりつく。

あーらら、船丸々一個分……すっごいでかーい。

「うん、ゲイル……。ちゃんと、アフターケアしたげてね」

「ん？」

――なんじゃこりゃぁぁっぁあああああああ!!

総舵輪にぴったりくっついた船長のお手て。

「――は、は、は、外れねぇぇっぇえええええええ！」

あはは、だって呪具ですし？

思った通り、呪い発動。呪具化した元幽霊船によって、船長の手が総舵輪にぴったりくっついてしまったようで……。

――大海原（おおうなばら）に船長の絶叫が響（ひび）いたとか響かなかったとか。

第8話「上陸、ダークネスフォレスト！」

S Rank party
kara kaiko sareta
[jugushi]

「え～いしょ！　え～いしょ!!」

屈強な水夫たちの掛け声に合わせて、ゆるゆると流れるように砂浜に向かう小舟。

――乗船するはもちろん、ゲイル達。

「そろそろ、岸につきますぅ」

「いよ～し！　櫂走、やめー！」

おぉー!!

水夫たちの威勢の良い掛け声がやむと、ある程度勢いの付いていた内火艇がスルスルと進んでいく。もちろん、この小舟も幽霊船の備え付けだけあって呪具だったりする。

……なるほど。よく見れば、ボロボロの内火艇だ。推進力は人力のほか、音もなく櫓を漕ぐ人影――そして、その内側では鬼火がユラユラ揺れている。

「あー……内側に鬼火のある舟だから、内火艇ねぇ。……なるほどなるほどぉ」

「……モの字、あんま深く考えんなや――」

モーラ達の視界の先、たしかに、よくよく目を凝らせばぼんやりと透明な人が舵の傍に佇んでいるように見えるが……ま、気のせいだろう。うん、気のせい。

「……ええ、そうねぇ」

シャリナは船酔い&諸々で青い顔。モーラはもはや諦めちゃった顔だ。

「いやー無理いってすみません」

ペコペコ頭を下げるゲイル。

「いやいや、なんのなんの——先日の礼と思えばたやすいことですよ」

水夫長がにこやかにいう。

まぁ、そうだろう。帝国の幽霊船に乗り換えられただけでなく、所有者不明の金塊まで貰っちゃったらねー。そのお礼もかねて好きなところまで送っていくと言われたので、ちょうどいいとばかりに乗っかって今に至る。本当なら内海をわたって最寄りの港で降りて遠回りするつもりだったのだが、おかげでだいぶ旅路をショートカットできているのだから、まさに渡りに船。

ギムリー曰く、あとは浜から森を突っ切るだけでいいらしい。

そして、当のギムリーは、舳先に乗ったまま、指でわっかを作って前方を確認している。

「むー。そろそろだと思うんですが——」

あれで見えているのだろうか？……もしかして、ダークエルフの魔法？

「あッ！　川がありましたねぇ。船頭さーん、このへんでいいですぅ」

その声に頷く船頭こと水夫長が、巧みに竿を操り、内火艇を寄せていく。すでに海底はかなり浅いらしい。

「ついたんか？」

「んー。多分？」

なるほど。

視界の先には――小川の流れ出る河口と、静かに波を寄せる人気のない砂浜が広がっていた。

「多分って、おま……。な～んもないで?!」

「あはは、そりゃそうですよ。こんな物騒な土地に住む酔狂な人は、まずいませんよー」

――停止ぃぃいッッ！

ザザーン……！

「物騒て、おま――」

ギャーギャー!!

突如、巨大な鳥が浜の先に広がる森から飛び出しけたたましく鳴いてどこかへと飛んでいく。

「………で、」

「………でっかぁぁぁあ！」

驚くモーラとシャリナ。ゲイルはポカーンとして空を見上げるのみ。

「はは、あれくらいでビビってちゃ、一歩も進めませんよー……っとぉ！」

ズズ……っ！

そして、一行が呆気に取られているうちに、内火艇の舳先が砂浜にめり込み停止。

その舳先から、ギムリーが先行して降りると、

「お先ですぅ」

続いて、

「待てや！　ギの字ぃ！」「ほぃ、モーラ」「あ、ありがと……」

ぴょんぴょんとシャリナ、ゲイル、モーラの順で続いていく。

そして、海水をジャブジャブとかき分けつつ上陸すると、ギリギリまで接舷してくれた内火艇の船員に礼を言う。

「おーきになー！」

「お世話になりやした～！」「な、なりました……！」

先行して偵察中のギムリーを除く三人の別れの挨拶を受けると、

「いやいや、こちらこそ！　それでは我々はこれで――」

ぴっ！　とおどけた敬礼をして去っていく水夫長たち。

「お気をつけて～！　呪具のメンテナンスが必要でしたら、農業都市のゲイルの呪具屋までお願いしまーす！」

それをブンブン手を振って見送りつつ、ちゃっかり店の宣伝もしておく強かさを見せたゲイルであったが、モーラ達からすれば取り残された気分だ。まるで、逃げるようにスルスルと沖に出ていく内火艇をみていると、ちょっと悲しくなっちゃう……。

ちなみにあの内火艇も呪具なので、わりと自動で動いちゃったりします。

まぁ、水夫長が使いこなしていてなにより――ええ、ほんと。

「っていうか、それで無料で幽霊船譲ったのね？」

「なるほど、だんだん商売が分かってきよったやないか、自分」

「へへへ」

はぁ……。なるほどぉ、シャリナさんの指導の賜物だわと、モーラのため息。

「……もう、ツッコミ疲れたわ――」

「諦めたらそこで、商売終了やでぇ、モの字ぃ」

チラッとモーラが視線を送るのは、ツッコミたくてもツッコめなかった沖合で内火艇を待つ母船――。


ギイ……！

ギイイ……!!


不気味に軋んでいるのは、言うまでもなく幽霊船だ。

チラッ。

「……モの字、深ぅ考えても損するだけやでー」

乗客になってくれれば儲けもん。誰も損せん話やと思うとけ――とはシャリナ談。

……さすがはファームエッジの顔役――大物だ。

「アンタら、似たもの同士だわ――……」

「あぁん?!」

はいはい、威嚇しないの――。それよりも……

「今は、無事に陸に戻れた幸運を祝いましょうか」

「お、その意気やでぇ。――ウチも、ようやっと地面に降りられて感動しとるでぇ」

「俺も、同感」

「よっしゃ！　ほな、チャッチャとギの字の里ぉいうとこ行って、用事すませて帰ろうやんけ」

ずんっ！　と、新調した戦斧を肩にのせて、背中にはバリスタを負ったシャリナ。

「ほれ！　いくでぇ」

「……そうね。こうなったら、一日も早く用事終わらせて帰りましょ」

「ええ心掛けや、モの字も小慣れてきよったのぉ」

カッカッカ！　上機嫌に笑うシャリナがギムリーの案内のもと、先頭に立つ。ここからは本格的な陸路の旅が始まるのだった。ちなみに、のちに正体不明の超高速の不沈艦が内海で名を馳せるようになるのは、また別のお話……――。

※　※　※

上陸してから数時間。

浜にあった、目印らしき小川を遡るようにして上流へ――その先がダークネスフォレストの深部に続いており、
そしてダークエルフの里、旧魔王城のエーベルン・シュタットがあるという。

ギャーギャー！

ギョケェェエエ！

「そ、それにしても、不気味な森やのぉ」

バサバサと極彩色の巨大な鳥がけたたましい声を上げ飛んでいく。

それを見上げるともなく見上げるのは、先導がギムリー、前衛シャリナ、後衛にゲイルとモーラのパーティだ。

……荷物持ちはもっぱらゲイル。

「そうですかぁ？」

「アッホゥ！　マジでこれで普通や言うたら、うちの知っとる普通の森はなんやっちゅう話や」

シャリナの言う通り、砂浜から一歩森に踏み込むと、そこはもはや別世界であった。

バサバサと凄まじい羽音を立てて、巨大な鳥がゲイル達の気配に驚いて飛び去っていったかと思うと、藪の方からは何かが威嚇する声。

――そして、森の中は薄暗いというのに、生き物の気配だけは濃密だった。

な、なるほど、どうやらここがダークネスフォレストらしい。海から見た時はなんでもなさそうだったのに、薄暗い森を前にして顔を引きつらせるシャリナ達……。特に前衛を張る彼女はといえば、装備はすべて幽霊船でそろえた帝国製の一級品で、ドワーフらしく、兜に戦斧を構え見た目はかなり凛々しいのだが……その足が小刻みに震えているではないか。

……って、

「お、おう、ギの字ぃ。これ、ほんまこの先にダークエルフ住んどるんか？　こんなとこにぃいい?!　な、なんや、人食いとか出てきそうやで？　あれとか――」

「ん？　あれって？」

「あれは、あれや!!」

——ビシィ！

「ん？　どれのことです？」

「どれって————」

あれにきまっとるやろがぁぁぁあああ！

——ギェェェエエエエエン!!

シャリナの指さす先には、森の上空、林冠ギリギリをバッサバッサと舞う小型ドラゴン——ワイバーンの姿。……かと思えば、森から頭一つ抜けた状態で、ズゥン！　ズゥン！　と歩いているオーガ？　それとも、トロール？　とにかくでっかいなにか！

「あー……。大丈夫ですよ。騒がなければ襲ってきませんよ？　私らは小さいから見向きもされませんよー」

あはははは。

「あぁぁん?!……あはは！　とちゃうわッ！　それはつまり肉食やっちゅうことやろうが！」

「当たり前ですよー。あ、でも繁殖期は凶暴ですから見境ないですよ」

アッホゥ！

「全然、大丈夫って情報ちゃうやろが!!……つーか、繁殖期っていつやねん？」

「…………にこ」

帰る!!——なにがにこ、じゃ!!　笑ってごまかせると思うなや!!

「もう、あのサイズはウチの手には負えんわーい!!　だいたいなー、ウチの本職は鍛冶屋やっちゅうとるやろ!!」

「あははー。この前コカトリス討伐（とうばつ）したじゃないですかー。……それにここからだと、船なしじゃ、もう帰れませんよーだ」

　ザザァァアン!!

　ザザァッァアアアン！

　無情にも抜錨（ばつびょう）し遠ざかっていく元幽霊船……。

「じゃっかましいわぁ！　何が『帰れませんよー』じゃ、ぬけぬけと——……！　だいたい、見てみぃ。——コカトリスよりも絶対アイツらの方が強いやろ！」

　ズーンズーン！

「…………にこっ」

「笑ってごまかされるかぁぁあああ」

　帰る!!　お家帰ゆ!!

　グルルルルル……。

「もー。シャリナってば大げさなんだから——大丈夫ですって。静かに行けばバレませんからー」

「いやもう、さっきからずっとグルルいうとるで?!　森の中からなんかに威嚇されとるやん？」

「あら、本当ですねぇ。まぁ大丈夫でしょう——最悪逃げればいいんですよー」

どこに逃げんねーん！

「あっかんわぁっぁあ！　もーー！」

「ほらほら、騒ぐと寄ってきますよー」

「うるっさいわ!!……くっそー。偉そうにー。ウチが前衛張るんやで？　控えめにいうても、こんなん無理やて」

まぁまぁ、

「ここまでくればそんなに距離はないはずですよ。と言っても、人跡未踏なので、歩いていくのは骨が折れるでしょうけど――」

ギャーギャー！

得体のしれないモンスターの叫びがこだまする森の中は下生えがうっそうとしており、なるほど、歩きづらそうだ。どのみち、もはや行くしか道はなし――。

「はぁ……わかったわかった。前衛張るさかい、ちゃんと誘導せぇよ」

「あいあーい」

どことなく不安になるギムリーのいい加減さに、うんざり顔のシャリナ。

それでも、先頭に立つのだから男前だ。

「だれが男前じゃ――ほれ、ある程度切り開くから、何とかついて来いよ」

帝国製の戦斧を構えたシャリナがバッサバッサと下生えを刈り、ズンズン進んでいく。

しかし、うっそうとした森には一行の予想の斜め上を行くほどに険しい道のりとなりそうな気配がしていた……。

ダークネスフォレストの闇はまだまだ深い――。

※　※　※

「う～ん……参りましたねー」

うっそうとした森の中で突っ立っているギムリー。

体中に枯れ葉や苔がこびりつき、彼女の口調は飄々としているが、結構ボロボロ。

「な、何が参ってん？」

ぜいぜいと肩で息をするのはシャリナ。自慢の戦斧は、刈り取った枝葉で汚れて見る影もない。そして、地図を広げるギムリーが顔を上げると、目をそらしてから、ニコリと微笑む。

「……目ぇ、みろや」

「てへ」

ちょ……？

その笑顔に、嫌～な予感を抱いたモーラが、恐る恐る聞いてみる。

「も、もしかして、迷っちゃったり――あはは、ないわよね」

地元だし――。

「えへへ。その通りです」

てへぺろー。

「あーそっかそっかー…………」

って、

「「えええええええええええええええええええええええええええ?!」」

シャリナとモーラが同時にひっくり返らんばかりに驚いて腰を抜かす。

「お、お、お、おま！　じ、地元ちゃうんかい!!」

「そ、そーよ！　自信ありげだったじゃない！」

ぎゃーぎゃーぎゃー！

「どうどうどぅ。……いやー。自信はあったんですよ？　自信は――」

「ほ、ほぅ？　その心は？」

「自信はありましたけど、記憶にありませんでしたー。あははー」

あはははははははは！

「って、あっほぅぅうう!!　遭難しとるちゅうことやろがぁっぁあああ！」

「そんな大げさなー。近くに里の迎えが来ているはずなんですが、やっぱり、ショートカットしようとしたのがまずかったですねー。素直に港経由でいけばよかったですぅ」

えへへ、と悪びれる様子もなく笑うギムリーに、青筋を浮かべたシャリナが噛みつく！

「この馬鹿垂れッ!!　ウ、ウチはなぁ、さっきから、ず～～～～～～っと、斧振っとったんやでぇ！　ず～っとぉぉおなぁ!!　む、無駄やっちゅうんか!!」

「えへへ、メンゴメンゴ――」

メンゴメンゴとちゃうわぁぁぁああああああ！

「あーもう、あっほぅ！　知らん！　ウチ帰るでぇ！」

さすがに切れ散らかしたシャリナが戦斧片手にもと来た道を引き返そうとするも、

「いやいや、シャリナシャリナ。そっちいっても浜しかありませんよ？」

忘れました？

「ぐぬぅ……！」

行くも地獄、引くも地獄。しかも、

「じゃーどーすんねん!!　もう、真っ暗になるでぇぇ！」

シャリナの言う通り、森の中が薄闇を通り越して、宵闇に包まれようとしている。

日中は、上空をけたたましく鳴きながら飛んでいたワイバーンも、今やすっかり鳴りを潜め、代わりに得体のしれない物音がそこかしこからする。

「あーはは。ほんと、日が暮れますね。……と、とりあえずキャンプしましょうかー」

「キャンプて、おま……大丈夫なんか、この森ぃ！」

キョロキョロ見回して青ざめるシャリナ。

どうみても、気軽にキャンプできるような場所じゃあない。

「まぁまぁ、喧嘩しないでさ――とりあえず、野営に向いてるとこさがそうよ」

これまで黙ってついてきたゲイルが口を挟む。なんか、いきなりすぎてアレだけど、言うことはもっともなので、今度は先頭を歩くゲイルに黙ってついていくモーラ達。

「な、なんぞ、アテでもあるんか？」

「ん？　アテってほどでもないけど――」

サクサクサクッ。

「慣れてるからなー」

特に暗闇は。

……そういえばゲイルさん、結構サクサク歩いていきます。

下生えも、足場の悪さもなんのその――。

「お、おぅ。たしかに――おまッ、結構山歩き慣れとるなー？」

「そう？　ま、無理に真っ直ぐ行こうとするから大変なんだと思うよ」

森の中や山奥を真っ直ぐ歩くのは実質不可能だ。人は無意識のうちに歩きやすいルートを通ってしまうし、体の重心や利き足――個人の癖などの関係で、偏った方向へと進んで同一地点を円を描くように歩いてしまうことがある。……それをリングワンダリング現象というのだが――。

ゲイル曰く、目標となるものを決めて歩けば、そうそう苦労することもないという。鬱蒼と茂った下生えも、樹冠にさえぎられているせいか、日光不足でそこまで丈は長くはない。

「……むしろ平原とかの方が危ないよ？　俺、こういう感じのとこ慣れてるんだ」

「あ、あー」

納得顔のモーラ。そういえば、ゲイルは墓所だのアンデッドが湧くような廃墟探索が得意だった。とくに大規模な墓所なんて、どこを見ても同じような景色で足元には骨が散らばっているようなところが多い。

なので、ゲイルからすれば、薄暗い森の探索など、その応用でしかないのだろう。

「ほら、こっちこっち、たぶん水場があるよ？」

「ほ、ほんまかぁ？」

ジロッとギムリーを振り返るシャリナ。

「いやー。このあたりは全然」

「……っかぁ！　頼りにならんやっちゃっの！」

「えへへ」

「なに笑てんねん！」

まぁ、ギムリーだってダークネスフォレストをすべて熟知しているわけではないだろう。

「あはは……。面目ないですぅ。ど、どこか見覚えのある場所に出ればすぐなんですけど――」

……つまりランドマークさえわかればいいということ。

「それが見つからんから迷とんのやろが……」

「さーせん……」

少々堪えているのか、耳がシュンと垂れてしまったギムリー。

飄々としていたのも虚勢だったのだろうか？

「まぁまぁ。なんとなく、心当たりはあるけど、一度態勢を立て直してからの方がいいかもね」

は？

「「「――こ、心当たり??」」」

思わずゲイル以外の全員が顔を見合わせるのだった。

「任せて、任せてー」

――ほぃ！

ゲイルの言うままに歩いていけば、なんとまぁ――たしかに、チョロチョロと水の流れる音。

こ、これは……。

「ほーらあったでしょ？……実の付く植物が多かったからね。多分、水場があると思ったんだ」

へへ。

「た、多分で見つけるなんて、ゲイルやるじゃない」

「ほ、ほぇー……。ゲイルさん、凄いですねぇ」

「なんで地元民のお前が感心しとんねん」

シャリナの呆れ顔の前にも悪びれないギムリー。しかし、なるほど。ゲイルの言う通り、ほどなくして沢が見えてきた。

ところどころ地面に消えていくも、地下水となって流れ続けているようだ。この様子だと、

「……あった！」

ガササッ！　ゲイルが大きめの藪をかき分けると、そこにはまるでオアシスのような空間がサァァァ――と開けていた。森でオアシスというのも変な話だが、そう表現するしかない場所。

「「「お、おぉー」」」

日暮れでなければ陰りつつあるも僅かな陽が差し込み、チチチチ♪　と小鳥が鳴いているような、そんな穏やかな空間に、小さな泉がある。

……その周囲は砂地となっており、野営にはうってつけな場所にみえる。

「へへ、どうかな？」

ニッ、と嫌味のない笑顔を見せるゲイルに、微笑み返す三人。ちょっとばかし途方に暮れていたので、ゲイルの思わぬ頼りがいのある姿に見惚れたともいえる。

「い、いいんじゃない」

「ウ、ウチもええとおもうでー」

うむ。

「ゲイルさんやりますねー」

「へへ」

全員一致ということで、

「ここで野営しようぜー」

「「「おー！」」」

しばしの間殺伐とした空気を忘れて、休息をとることにしたのだった。

第9話「ビバ・キャンプ！」

「お！　いるいる！」

泉とそこから流れる沢を泳ぐ魚を見つけたゲイル。少なくとも、水が綺麗な証拠と言えるだろう。

「よっしゃ、ほな、打ち合わせ通りなー」

「「「おー！」」」

シャリナの声を合図に荷物を下ろした四人はそれぞれ準備に取り掛かる。

まずギムリーは見覚えのある景色かどうか、あまり離れない程度に周囲を偵察し、
シャリナはパワーを活かして薪集め。

モーラとゲイルは、近場で食材探しだ。

ん？　なんで食材探しかって？——そりゃぁ……。

「いやー……しかし、盲点だったな」

「ええ、ホント……」

少しげんなりした顔のモーラ。そう、なぜ食材探しをしているかというと……。

「まさか、ほとんど海水でダメになっているとは……」

「海の知識なんてほとんどないんですもの、しょうがないわよ」

例によって例のごとく。

……クラーケンに襲われた時か、はたまた嵐の時か。

荷物の大半が海水を被っており、食料の類が傷んでしまっていたのだ。

せめて早めに気付いていればまだ対処のしようもあったが、今となっては後の祭りだ。

使えるものと言えば、穀物が少々に、塩やチーズなどの元から塩っけの強いもの――あとは、少しのスパイスがなんとか……。それ以外は全滅だった。

「ま、森の中だし、探せば色々あるよ。ジャンジャン集めていこうぜー」

「――アンタはいつも楽観的ねー……あ、褒めてるんじゃないわよ」

「えへへ」

だ・か・らー。

「……もう、いいわ。それにしても、どうする？　私、この森の食材なんて全然知らないわよ？」

「俺だってそうだよ。だけど、ま――どこでも、だいたいやり方はおんなじさ」

ほい。――そう言ってゲイルが差し出したのは、糸の束。

「糸？」

「おん。これで罠作るから手伝って」

「わ、罠ぁ⁇」

ゲイルの言いたいことが分からず盛大に首を傾げるモーラなのであった。そして、

「これをこうして……こう――」

糸を束ねて強度を上げたそれで輪っかを作る。

「で、若木をしならせて、フックを作る」

いわゆるくくり罠ってやつだ。

「へ、へー。よく知ってるわね」

「お金ないときはこうやって食材を手に入れてたからなー」

「あ、そうなんだ……」

ものすごい同情した目を向けられるゲイル。

「ま、役に立ってるしさ」

「アンタ、ほんと前向きよね」

「へへへ」

まぁ、褒めてる。

「……で、鳥用の罠はいくつかあるんだけど、今回は簡単なのを作ろうと思うんだ。あ、そーそー。そうやって棒を束ねて……、餌（えさ）となる虫とか、木の実を置いておく」

「か、簡単ね？」

ゲイルに言われた通り、細い枝を格子状（こうしじょう）に組み合わせただけ。

まぁ、簡単は簡単だ。だけど、その分かかる確率はそう高くはない。

「つまり、数があればあるほどいいってこと。……日没（にちぼつ）まで時間がないから、ちゃっちゃとやっちゃおう」

「……ほんとアンタ万能よね」

「ほめ過ぎだよ」

「なんで、そこは『へへへ』じゃないのよ……」

相変わらずのずれたゲイルにあきれ顔のモーラだが、器用な手つきでゲイルの真似をしていくつもの罠を設置していく。

「やっぱ、モーラはすごいなー」

「はぁ？　アンタの真似してるだけよ、これでいいの？」

「上出来――さ、あとは魚とろうか」

そう言って、海で回収していた骨のひとつをバキンッ！　と大雑把に割ると、鋭くなった破片をいくつか取り出す。乾いた太い骨の髄は、繊維状になっている。

……それを取り出せば、そのまま釣り針にも使えそうなくらい鋭いものができるのだ。

「これ。骨髄の部分は脆いけど、糸をつけて餌をつけて針を隠せば――」

ぽいッ。

地面をはい回る昆虫を骨の破片に適当にぶっさして沢に放り込むゲイル。

すると、一瞬にしてビクビク！　と震える糸と針！

バシャ！

「へへ、どうよ」

「ちょ……マジで⁉」

餌を放り込んで数秒と経っていない。

「ふふん。森の奥だと、結構間抜けな魚が多いのさ」

ほい、二匹目！　バシャン‼　ピチピチピチッ！

「す、すっごい――やりたいやりたい‼」

「いいよー」

自分が使っていたやつをそのままモーラに渡すと、さっそく二本目の糸を釣り具にしてしまうゲイル。……ほんと手慣れたもんだ。

「ど、どうするの？」

「ん？　虫を刺して、投げるだけだよ。……あ、反応があってもちょっと待ってね。針がもろいから飲み込ませた方がいいんだ」

こんな風に――。

ぽーいっ。ぴくぴく――ビクン！

「ほい！　３匹目！」

「キャー、すごいすごい‼」

やるやるー！　とやる気満々のモーラ。針に虫を刺すのはちょっとビビってたけど、ゲイルがつぶした羽虫ならなんとか触れるとかで、恐る恐るぶっ刺していく。

「うわ、なんか汁が……」

「虫くらいでビクビクしないでよ――うん、そんな感じ、あとは投げるだけだよ。注意点はさっき言った通りね」

ぽいッ。

ゲイルに合わせてモーラも、ぽいッと。

「あ、なんかつついてる！」

「うんうん、そのまま待ってて――あ、今！」

「え？　え？　え？　あ……！」

プツンッと手ごたえがなくなったことに気付いたモーラが糸を引き上げると全く重さがない。

「あー……針ごとやられたね」

「く……！」

悔(くや)しそうな顔のモーラに苦笑(くしょう)しつつ、

「初めはそんなもんだよ。……ほい」

そう言って。また自分のを差し出すゲイル。

「え？　いいの？　私、足引っ張ってるだけじゃ？」

「ん？　そんなことないよ、他の罠にかかるタイミング待ちだからね。日没前までの時間つぶしだよ――お、来てる来てる！　モーラ、いまだよ！」

ビンッ!!

「へ？　あ、あ、あ、あ――――」

バシャン！

「きゃ、きゃぁぁあああ！　釣れた！　釣れたわゲイルぅぅう‼」

思わず抱き着くモーラに、どぎまぎしたゲイルはどうしてよいかわからずあわあわと——そこに、がさがさっ‼

「な、なんやなんやぁ⁉　無事かぁぁ——……って、なんや、お楽しみ中かいな」

「「ちょ！」」

モーラの悲鳴を聞きつけて乱入したらしいシャリナ。

二人の様子を確認するだけすると、「ほな、邪魔したなー」と薪束を担いだまま、ニヨニヨしながら去っていく。………って、

「ちょ、ちょ、ちょ！　ちょぉぉお——！　ぜ、絶対誤解されたわよ！」

「いや、知らんがな——って、モーラ、魚逃げるよ！　あと沢の傍でよそ見しない——」

「あ、わ！　あーーーーー！」

プツンッ！　ちぎれた針と魚を追ってモーラがダイブ——……の前にゲイルの服を掴む。

「んなぁぁあ⁉」「きゃぁぁあああ！」

ばっしゃーーーーーーん‼

「——で、遊んできたと？」

「「遊んでない‼」」

ポタポタ……。

水を滴らせて戻って来たモーラ達を、焚火の準備していたギムリーが出迎える。

「もー。モーラ、巻き込まないでよー」

「ゴメンってばぁ」

二人してびしょびしょ。

「にひひひ、ギの字、聞けやコイツらさっきなぁ――」

「ちょ！　シャリナ、何言うつもりだよ！」

「あーあーあー！　誤解よ、誤解ッ！　それよりほらぁ、いっぱい獲って来たわよ！」

みなまで言わせるか！　とばかりに、モーラがどっさりとって来た獲物をシャリナに投げつける。

「ぶわ！――魚くさッ……って、おお、何やこの量！」

「わー凄いですねぇ。魚にトカゲに蛙……それに鳥ですかぁ」

へへへ。

鼻の下をこすりこすりと、ゲイルが自慢げだ。

「……こいつの意外な才能よ。まったく、サバイバル力まで高いなんて……。アンタ、ホ～ント規格外よね」

「意外ってなんだよ、意外って――……で、どうだった？」

とりあえず、獲物を調理する前に、報告会。シャリナは周辺で薪を拾ってきただけなので、大した情報は無さそうだが、ギムリーはどうだろう。

「うーん……なんともですねー。一応大雑把な方角だけはわかりますが、場所の特定までは、なによりこの暗さでは――」

そう言って空を見上げると、頭上はうっそうとした樹冠に覆(おお)われており、おかげで暗くなるのが早い。

チラチラと見えるのは星だろうか。……残照はわずかだ。

「しょうがないよ。じゃ、とりあえず野営準備しようか」

「せやなー。しかしまいったでー、交代で寝(ね)るか？　ウチ、一人やとさすがにきついでー」

野営中の見張りの話だろうか。そんなの――。

「罠おけばいいんじゃね？」

「……は？」

ぽかんとした顔のシャリナ。

いや、は？　じゃなくて――。

「シャリナ……。俺のジョブ忘れてない？」

俺ことゲイル・ハミルトン。

「……おれ、呪具師(じゅぐし)だよ？」ニヤリッ。

※　※　※

ギェェェエエエン…………！

遠くの空でワイバーンの鳴く声がして、やがて遠ざかっていく。どうやら巣穴にでも戻るらしい。日中は大型鳥類を求めて林冠ギリギリを飛び回っているというが、夜間は眠るんだとか。

まぁ、鳥がいないんじゃね——。

そして、こちら。地べたを這いずる人間どもはと言えば——……現在絶賛野営準備中。

「って、こんな野営あるかぁぁぁあ！」

がっくし、と地面に膝をついたシャリナが唸っている。

「もー。な、なんだよ、急に——キェェエとか奇声あげないでよ」

「キェェエとは言うとらんわ！……そうやのうて、なんやこれは！　ウチは現役時代の魔王城にでもおるんか！　それか、ここは大墓所かぁぁあ！」

ムッキー！　と騒ぐシャリナ。

「いや、普通でしょ？　これくらい」

……これくら〜い??

「……ゲイル。これくらいは、どれくらいをこれというのか、私も説明できないわ」

「えぇー？」

「あ、あはは、相変わらずぶっ飛んでますねー」

そう言って、ゲイル以外が、口をあけたまま繁々と眺めるのは——……地面に大量にぶっ刺さった髑髏の案山子の群れだった。

ほかにも、襤褸布から作った巻物がそこかしこに——。さらには、ユラユラと揺れる半実体化した靄のような人影がいるんだけど……。これって、何？

「ん？　罠だけど？」

そう。もちろん呪具師ゲイルお手製の、即席【設置型呪具】だ。

――効果は折り紙付き。船幽霊の金縛りを応用した【麻痺】に、彼らの生息地である海底の低温を利用した【凍結】の呪い付きだという。大抵のモンスターなら近づくだけでダウンさー。

また、発動も簡単。なんと、対策なしにこの呪具の範囲に入った敵性のモンスターを感知すると、たちどころに発動する消耗型の呪具である。

……ま、急いで符呪しただけなので、今夜限りの使い捨てだけど。

「んー……変かな？――やっぱ、即死つけとく？」

「「「変よ！」や！」ですぅ！」

おっふ……。い、一斉に叫ばないでよ。

「アッホゥ！　こないなもん逆に落ち着かんわ!!　しかも、何やねん、『即死つけとく？』って、バンズにピクルスいる～？　みたいに言うなや!!」

即死がどんだけレアなデバフか知らんのかーい！

「そう？　割とありふれてない？……古井戸の傍とかに、結構【即死】デバフ付きの女型モンスターがいるから、街中でも採れるよ？」

「「「は？」」」

即死が採れるって……。

「――って、え……。えええー？　ふ、古井戸の女型モンスター?!　そ、それって――貞ッ」

パンッ!!

「あっほう！　言うなその名前!!　色々ひっかかる奴やん！……つーか、おまっ、都市伝説も狩っとるんかーい?!」

どーりで【即死】がホイホイついてるわけやなぁぁああ!!

「ん？　都市……伝説？……んー。なんの伝説かは知らないけど、そんなにレアじゃないよ？……結構、街中には【即死】系とか、【爆裂】系とか【激痛】系とかもったアンデッドっぽいのがあふれてるし。へへ、そーいうのが、色々いるから夜中の街歩きもやめられないよねー」

「やめられないよねー……って」

あいたたたた。屈託なく笑うゲイルの行動を幻視して頭を抱える女子三人。

見える。見えるわー。嬉々として井戸を見て回るゲイルが、井戸から這い上がって来た白襦袢の女を解呪して回る姿が――。

「ど、どーりで都市伝説になるわけね……」

「あははは……、もとは魔物か何かだったんでしょうねー」

「それをコイツが夜な夜な狩って素材にしとったわけか――」

あっちゃ～……。

正体不明の魔物が、街中で人を襲うことはままある話だ。

それは恐怖とともに流布され、人々に語り継がれるのだが……。

語り継がれるだけの程度で済んでいるのは――どうやらコイツのおかげだったらしい。

「……アンタ、やっぱり人知れず世界を救ってるのね」

「は？　なんで？」

うん、わかんないなら、いいの……。

「ちょ、ちょ、ちょぉ待てぇ……。それで気づいたんやが……。あ、あれか？　お前、もしかして、街道に現れる黒い犬とか――」

「あー。あれかぁ、たまーに出るよねー。なんか、俺めがけて襲ってくるけど、解呪できる不思議な犬だよねー」

うんうん。

「まぁ、【認識阻害】とか【恐怖】系の素材になるからいいっちゃいいんだけど――なんなんだろうね、あれ」

がッくぅ……。

「ア、アアアア、アッホゥ!!　ぶ、死を告げる犬の妖精を狩るとかなぁ!!　あーもー！　死神といい、どんだけ死にまとわりつかれてんのや、おまはんはぁぁあ!!」

ゲイルさん、相当、上位の世界の人に狙われているらしい……？

え、じゃ、じゃぁ。

「……も、もしかして、古い鏡にでる血まみれの――」

「あれな！　血まみれの女だろ？　廃屋でたまに見かけるやつな。うんうん、よくいるよくいる」

ガンッ!!

「あれ、狩れるの?! 血まみれ女で鏡の中にしかいないのブラッディ・メアリーよ?!」

そして、よくいるんかーい!

「ん? うん。【麻痺】とか【激痛】が採れるから重宝してるよ、ホントどこにでもいるしね?」

で、では、

「そのぉ……。あはは。も、もしかして郊外に出るノッポ男(スレンダーマン)——」

「あー、凄い背の高いやつかな? うん、いるよね——子供の後をつけてるからわッかりやすいよねー。【認識阻害】が採れるから狩る狩るぅ」

ずるぅぅぅ!

狩る狩るぅ、って軽~~~い!!

「あ、あはは……。まさかこれほどとは……」

いやはや、まさかまさかの伝説級モンスターすら狩ってくれるとは……。つーか、本当にモンスターなのかすら怪(あや)しいものもゲイルにかかれば、ほいさっさー♪ という具合らしい。

「規格外だわ」

「規格外やでぇ」

「規格外ですねぇ」

女子三人が新たに分かったことはただ一つ——。

(((こ、コイツやべぇぇぇぇぇぇ……!)))

「ん？　どうしたの？　天幕立てるの手伝ってよー」

「「あ、はい」」

今更、野営地周りの設置型呪具のことなど、もはや気にならなくなっていた三人であった。

そうして、ある程度の野営準備を整えた時――ついに日が完全に落ちたのか、焚火周辺を除いて全くの暗闇に覆われる。

「あーホント暗いなぁ」

「まったく何も見えないわね」

ブルブル……。

不気味な闇を直視してしまい、自分を抱きしめるモーラ。

……闇の向こうに得体のしれない魔物がいそうで――。

「あ、照明つける？　一応、虫型モンスターとかは忌避する、船幽霊から移した鬼火付きだよ」

じゃん！

船幽霊だった骸骨のそれに、青い火を灯すゲイル。

ボッ!!

ボボボッ！

「ほい。明るい」

そして、そいつをその辺の木の枝にブランブランとぶら下げるぅぅ――……ゴンッ！

「いだぁぁ！　なにぃ？」

「許可とりなさいよぉぉおお!!」

何で聞いた？

――つける?……って、今アンタ聞いたよねぇぇぇ！

「いや、ごめ――……え? えええ?」

殴られたんだけど……。

「こっちが『えええ?』よ！　人が暗闇に恐怖してたら、目の前にセントエルモの火をマッチ感覚で点けられたらねぇっぇえええ！」

しかも、骸骨ブランブランッ！　って、普通の感覚なら恐怖しかわかんわッ!!

「っていうか、このカバンの中にどんだけ入ってんのよ！」

「58個？」

計算しとんのかーい!!

「しかも、どんだけ!!　どんだけ詰め込んでるのよ!!」

主婦か!!　お前は大根詰め合わせ後の、主婦かぁぁぁあ！

どーりで、ゲイルのカバンぎっしりで、なんか丸いもの入ってると思ったわよ!!

背嚢の中に頭蓋骨ぎっしりとか、サイコパスのレベルどころじゃないわッ！

「失敬だなー。ほかの部位も入ってるよ。人をしゃれこうべマニアみたいに」

「余計怖いわ!!　そもそも、しゃれこうべマニアという単語も初めて聞いたわ！……うわ――臭ってきたー！」

水死体特有の何とも言えない悪臭が――……！

「ど、どうどう、落ち着けやモーラ。まぁ、見た目はキショイけど、明るいことは、明るいわな――うわっ、くさ!!」

プ～ン……！

「「ゲイル、カバン閉めとけぇっぇえええ!!」」

ぎゃーーーーーーー!!

「あはは、いつも通りの騒がしさですねぇ」

そうして、夜も更けていくダークネスフォレスト。

相変わらずやかましい四人をとっぷりと暮れた夜の闇が見下ろしていた――。

ホーホー！

ホーホー！

それからしばらくの後……。夜行性の鳥の鳴き声を聞きながら焚火を囲む四人。

周囲はゲイルの設置した不気味な照明で照らされて青く明るいが、やはりの焚火の傍のほうが落ち着くのだ。

パチパチと弾ける焚火には明るいうちに捕った獲物が串に刺して焼かれている。

「ほい、あがったよー」

散々呪具をクサされたゲイルも今は気を取り直して料理に取り掛かっている。そのうちに、香ばしい匂いが立ち込めると、その香りで焼き加減を確認したゲイルがモーラ達に料理を気前よく配る。

まずは魚の串焼きだ。味付けは塩のみ。

「ありがと」

「おう、おおきに」

「あ、すみませんー」

モーラ、シャリナ、ギムリーは三者三様、如才なく礼を言って魚の串焼きを受け取ると、クンクン匂いを嗅ぐ。……うん、食べられそうではある。

「そんな警戒しなくても大丈夫だって。川魚に毒魚はいないって聞くよ？」

そして川魚は内臓だけ落としてしまえば、あとは安全なはず。……生食だけは危険だけどね。

獲った魚は計15匹。十分すぎる量だ。

「ほうやな、すまんすまん」

気風のいいシャリナは、男前にかぶりつく。味付けは塩だけの焼き魚――……うまい！

「んん!!――ぷはっ。……おーこらぁ、ええわぁ！　脂のっとって、プリプリやでぇ」

「へへ、ファームエッジの養殖魚にも引けをとらないだろ？」

ゲイルも一匹かぶりつく。小ぶりなので頭も食えるやつ――バリボリバリ、うんっ……うまい！

「あらホント、おいしい」「おいしいですねー」

「へへ、他のも調理しちゃうからどんどん食べてって」

モリモリ美味しそうに食べる三人を楽しげに眺めながら、残りの獲物を調理していくゲイル。
なにせ、『牙狼の群れ』時代からこの手の雑用はお手の物だ。シャリナはなんだかんだで街の人だし、ギムリーは野外活動はへっちゃらだが、味に関してはゴニョゴニョ。モーラは経験がないわけじゃないらしいが、あまり得意ではないという。支援術師は、戦闘で重宝されるからね——。

雑用は呪具師の仕事ですよーだ。

ふんふ～ん♪

鼻歌交じりに、捕まえてきた蛙とトカゲを捌くゲイル。鳥は事前に絞めて、血抜き中だ。

血の臭いに獣が寄ってくるかもしれないが、設置型呪具をそこら中に設置しておいたので、奇襲はないだろう。

「……おまえ、ええ奥さんになるでー」

「へへ、そう？」

「……今の、茶化されてんのよ？」

「シャリナは料理できませんもんねぇ」

「じゃかましいわ！」

ケラケラと笑うギムリーに、ムゥ……！　とふくれっ面のシャリナ。

昼間の険悪な空気が十分に弛緩している。いいことだ。

……なんだかんだで仲いいんだよなこの二人——「「仲は良くないで」」すぅ」

さーせん。

「じゃー。ほい、ちょっとだけ手伝ってね——ぽいっと！」

どぽんッ、と別の鍋で沸かしておいたお湯に、絞めておいた鳥を放り込む！

一瞬にしてグラグラ沸いていた湯が落ち着き、代わりに肉が煮立ったような匂いが漂う……

——前に、さっと、鳥を上げる。

「ほい、羽根を毟って——」

三人の前に、数匹の鳥。お湯で羽根が浮いた状態なので、毟りやすいはずだ。

「かー……なるほどなぁ」

「こうやれば毟りやすいんですねぇ」

「熱湯で火傷させたようなものなのね」

ふむふむ。

ムシムシムシと、魚の串焼きをかじりながら羽根を無心で毟っていく三人。

ゲイルはその間に蛙とトカゲの下処理だ。

蛙は簡単。ビリビリと皮を剥いて、足だけ付け根から折りとる。それに塩を振って香草を擦り付けて炙るだけ。可食部は足くらいなものだ。他も食えなくはないけど、肉は少ない……。

ま、それ以上に、毒が心配だけど——【毒無効化】の呪具をつけてからゲイルが試食すれば問題なし。

トカゲも同様だ。ちなみにトカゲの肉は硬そうなので火から離して、弱火でじっくり煮込んでみる。串焼きにつかえるのは肥大化した肝臓だけ。……でも、これがうまいんだ。

「できたでぇ」

「これでいいかしら？」

「やー、結構面倒なんですねぇ」

そうこうするうちに、鳥の羽根を毟り終わったのか、ツルンとしたお肉になった鳥が鍋の蓋の上に並ぶ。

……お、いいね。

「じゃ、そこおいといて――シャリナは火の調整頼むな」

「任しときッ！」

さすがシャリナは火の扱いに慣れている。ならば、ゲイルは――と、鳥をどう調理するのか興味津々の三人の前で鮮やかにナイフをふるうこととする。じゃ、さっそく――。

「小さいのは丸のまま。内臓だけ取ってやくよ。あとで塩を振っといてー」

「ほぃきた」

火と同時に、シャリナが岩塩を担当。

「で、こっちはぶつ切りにして、トントン叩いてね。ギムリーさんお願い」

「あいあーい」

肉叩き担当ギムリー。

「むね肉とか内臓系は串焼きにしちゃおうか、モーラ串に刺すの手伝って」

「ええ、まかせて」

適当に木の枝を削った串を数本渡して、モーラと一緒に串に刺していくゲイル。

レバー串、砂肝、ハツにむね肉。

「んじゃ、大物はメインにしようか――」

そう言って、商船で分けてもらった穀物を水で戻していたゲイル。

まだまだ膨らみそうなそれをベチャベチャのまま、大きく腹を開いた大物の鳥の中に詰め込むと、その口を串を格子状に刺して封をしていく。

「で――あとは、蒸すだけー。簡単でしょ」

「お前がやるとそう見えるけど、それ、エライ手間かかっとるやろ」

ん？　そうかな？

「ゲイルってば、手慣れ過ぎなのよ」

「あはは、確かにこれはお嫁さんに欲しいですね」

「でへへ」

「「だから、茶化されてんの！」」

あ、そう？

女子ーズのおちょくりにもめげないゲイルは、ささっと料理の下準備を整えると、残りの串も炙っていく。空いた鍋には再び泉から汲んだ水を張り、火にかける。

これで残りの骨や、こびりついたお肉を煮込んでいくのだ。……骨からはいいスープが出る。

「じゃ、こんなもんかな――」

くんくん。うんうん、順次焼けてるね――。

「お、もうええんか？」

「いいよいいよー。手前のはもう焼けてるから」

そう言って、自分もカエルの串を一本取ると、毒無効化の呪具を装備して少し齧ってみる。

「……ん。弾力があって――蛙の味だ」

鳥に似ているという人もいるが、ゲイルからすれば蛙の味は蛙だ。……んまいッ。

じー……。

「ん？」

視線を感じる。

あ、

「いけるよ？」

そう言うや否や、ホッとした様子。

なんだかんだで心配されているのか、それとも毒見を買って出たゲイルの反応を見ていたのか判断がつかないが、ばつが悪そうにシャリナが蛙串を手に取るとガブリ。

「そ、そうか。蛙は初めてでなー……。お、いけるな――ちょい塩が足らんか」

ガリガリと指で岩塩をすり潰して塗すシャリナ。さすがドワーフパワー。

「じゃ、と、鳥をいただくわね――――ん！　トロットロ！」

モーラが口にしたのは胸肉の串か。

何の鳥かは知らないけど、臭み抜きにニンニクと香草をまぶしたので旨味たっぷりのはず。

「じゃー、私はトカゲ行きますねー」

ガブリと豪快にトカゲの大きな肝臓にかぶりつくギムリー。

口の端からぶちゅっ！　と肉汁が飛び散るほど、新鮮でプリップリだ。

「お、おいひぃぃぃー!!」

頬に手を当て満足そうなギムリー。

「へへ、よかった」

『牙狼の群れ』の時は、当たり前のこと扱いで褒められたことなんてなかったけど、こうして誰かが喜んで食べてくれるのはなかなかいい気分だ。

「こんだけ、旨いなら、これいくかー」

じゃん！　とシャリナが取り出したのは金属製の大型スキットル。……って、酒じゃねーか！

「それだけは死守したのかよ……」

海水に大半の食料がやられたというのに、シャリナの意地を感じる。

「あったりまえやろ！　酒がのうて、眠れるかーい！」

いやいや、自慢するとこじゃないでしょ。

「ま、ええやろが。ほれ――」

無理矢理全員のカップを回収すると、琥珀色のそれを並々と注いでいく。

「ほれ、……え～っと。せやな、ダークネスフォレスト滞在記念に」

「それ記念なの？」

「まぁまぁ」

的確なツッコミにギムリーがとりなし、野営は宴会へと突入する。

キャンプ地の外は、無数のモンスターが蠢いているのかもしれないが、今だけは忘れよう。

「ウケケケ。まさかこんな樹海の奥で宴会できる日が来るとはウチも夢にも思わんかったでー」

「昼間はあんなに機嫌悪かったくせにー」

ゴンッ！

「うるっさいわ！　迷うお前が悪いんやろが！」

「まだ迷ってますけどねー」

その通り。……別に状況が改善したわけではない。

ないんだけど、まぁ、夜くらいは穏やかに過ごしてもいいだろう。

「じゃ、そのへんにして――おっほん」

なぜか、モーラが音頭をとる。

「それじゃ、なんだかんだで生存していることに――」

「「「乾杯ッ」」」

メインディッシュである鳥の蒸し焼きをつまみながら、そうして、夜は更けていく――。

第10話「ゴースト旅団」

……それから、三日後——。

「ぐぉぉぉ……!!　もー、魚飽きたでぇぇぇぇ！」

しっかり全部食っておきながらシャリナが魚の串を放り投げる。

「ちょッ……おーい。ごみ捨てるなよ」

もー。と愚痴りながらも、お母さんのようにまめまめしく掃除していくゲイル。

「ま、まぁ、でも——シャリナさんの言うこともわかるわ」

ポイ。と、モーラもちょっと身の残った魚を焚火の中に投げ捨てる。

その辺に捨てるよりはましだけど、全部食べないともったいない……。

「毎日毎日、魚、魚、魚——時々、鳥に蛙にトカゲ……。さすがにね」

「せやせや！——それに魚も飽きたけどなぁ……一番きっついのは、」

ガっ!!　空のスキットルを掴んで虚空に叫ぶシャリナ。

「酒がのうなったぁぁぁぁああああああああ！」

「あーあー。うるさいうるさい」

「もー。イライラしてるのはわかるけど、大声出さないでよー」

S Rank party
kara kaiko sareta
[jugushi]

アル中め……。

「アル中とちゃうわ！　ウチから酒とったら、ただの美少女やでぇ」

「え」「え」「え」

ジー。

「………なんで、『え』やねーーーーーーん!!　あと、ゲイル、おまっ、どこ見てそう言うた！」

「え、いや。え？　俺？」

ぎゃーぎゃーぎゃーぎゃー！

相も変わらず姦しいゲイル達だが、じつは絶賛遭難中。……先日、野営地を作って以来、何度も何度も正しいルートを探しているのだが、どうやらこのあたりはギムリーにも覚えのない場所らしく、グルグルと回っては、また元の場所に戻ってきてしまう。

野営場所には困らないが、ここから一歩も進むことができなくなってしまった。

どうやら、本格的に遭難してしまったらしい……。

「いやー、あはは。面目ないですぅ。やっぱり、最初の予定通りのルートをいけばよかったですねぇ」

あっけらかんとしたギムリー。……普通、もうちょっと落ち込まない？

まぁ……。港を経由するルートを外れて、予定外の行動をとってしまったのがまずかったのだろう。

そういった思いつきで行動するのは、遭難当確コースなわけで……、そして、陸についてからも、なるべく時間を短縮しようと最短経路をたどった結果がこれだ。

ギムリーなりに、シャリナやゲイルに配慮したつもりなのだろうが、完全に裏目に出てしまったようだ。おまけに、歩きなれない土地では、ついつい楽な方へ進んだり、勘に頼ったりしがちだが……どちらも絶対厳禁である。……なので、本来なら、まずは冷静になって、少々遠回りでも、合理的な方法を取らねばならないのだが――。

「あはは――……とちゃうわ！　お前んチの近所やろが!!　何で迷うねん！」

ごもっとも。

「むぅ……そうは言いますが、ダークネスフォレストって無茶苦茶広いんですよ？」

ぶー。

案内人のギムリーがぶー垂れる。――終始この調子だ。

「ま、まぁまぁ。当面の食料は確保できてるし、水もあるから――」

「あっほぅ！　酒や酒!!　酒がないなら、そこは安住の地とは言わんでぇぇぇ！……ってか、お前らぁ！　この前、酒飲んだんやから返せぇぇぇぇ！」

いやいや、何言ってんの?!

「シャリナさんが気前よくくれたんでしょ?!　乾杯やー、言うて！」

「せやせや!!　自分でくれたくせにぃ！」

「お前ら、人の口調真似すなー！　誰が言うたかわからんやろが！　あーもー!!」

地団太、地団太ッ。

どうみてもアル中だ。

「……まぁ、シャリナの言い分は別にしても、そろそろ、何とかしないとまずいですよねぇ」

「え？　あ、まぁ、それはねぇ……。じき、この辺の食材もそろそろ食べ尽くしちゃうだろうし、なにより環境がね……」

チラッ。

「な、なによ？」

……いや、モーラ見てるんちゃうよ？

ゲイルとギムリーは、モーラではなく——改めて野営地をぐるりと見回す。

……うん。泉があって、沢があって、焚火も天幕もあるけど。

「……食料がなぁ。——沢の魚も無限ではないし」

「そーですよねぇ」

さらに大量の罠や設置型呪具のせいか、警戒した動物たちが怯えて寄り付かなくなり、初日ほど鳥も獲れなくなっていた。生き物だって馬鹿じゃないからね……。なにより——。

「水も汚れてきましたねー」

「ちょっとなぁー」

なるべく汚さないようにしてきたとはいえ、体を清めるためにたびたび水に浸かったのが悪かったのかもしれない。

一回や二回ならともかく、何度も水に入れば、自然の復元力を超えるのもむべなるかな……。

「「うーん……」」

モワァ……と泥の浮いた泉を見て渋い顔をするゲイルとギムリー。

なんか、脂っぽいのも浮かんでるし――……。

「……って、だから、なんでアタシの方ばっか見るのよ！」

「え？　いや、そんなことは――」

「ゲイルさん、デリカシーですよ、デリカシー」

「ちょ、ギムリーさんまで?!」

確かに、モーラは綺麗好きなので、しょっちゅう水浴びをしていたけど……。

汚れがモーラのせいだなんて言ってないよ?!

……言ってないのに、恥ずかしそうに顔を赤くしながら怒るモーラに誤解だと告げるゲイル。

別にモーラだけが汚したわけじゃないし――。まぁ、水浴びのたびに追い払われてたゲイルとしてはいい迷惑だったけど。覗くかよ……ったく。

「じゃ、移動する？　他の場所に拠点を移してもいいんだし――」

「んー。だけど根本的な解決になってないですよねー。やはり脱出しないと……。あんまり時間かけるのも良くないですし――」

「せやで！　ウチかて、いつまでも休み取れるんちゃうでぇ！」

シャリナもギムリーもギルドの責任者だ。

「ゲイルの店と違ごうて、ウチは引く手あまた――」

「そ、そうだよね。シャリナは鍛冶ギルドのマスター……――って、誰の店が繁盛してないんじゃぁぁぁああ！」

むがぁぁ!!

「いや、そこまでゆーとらんやろが……。びっくりしたわッ、もー」

「あはは、まぁまぁ。……でもそうですねー、やはり覚悟をきめて、そろそろ行くしかないですねぇ」

物資も尽きてきたし、疲労も蓄積され始めている。いくら野営地がそこそこ快適でも、限界がある。……ここらが決断時なのは間違いない。

「だ、だけど、アテはあるの？　迷って体力を消耗するより、もう少し偵察したほうが――」

モーラの言うことももっとも。

「んー……。アテと言えば一応……あるにはあるんですが――」

「なんやて?!　知っとるとこあるんかい?!」

シャリナが食って掛かるのをいなしながら、ギムリーが渋い顔。

「え、えぇ、まぁ。知ってるには知ってますね――。知っていると言っていいのかはあれですが……」

「なんやねん、もったいつけよってからに！　どこや！」

シャリナが聞いてもわからないだろうに、どことなく困った顔のギムリーが迷った素振り。

「別に隠しているんじゃないんですよ。……あーなんというか、そのぉ、夜に偵察してわかったんですけどぉ――」

　意を決したギムリーであったが、チラッとだけ、なぜかゲイルの方をみてくる。

「ん？」

「いや。その……あ、あはは――じ、実は、木の上から見えたんですよ……」

　そう。遥か先の森の切れ目に――。

「――大量の鬼火が浮かんでいるのが…………」

※　※　※

……は？


「「はぁぁぁあああ！」」

　お、鬼火って、それ――。

「ええ、はい……。夜なら何か見えるかと思って、昨夜遠出して偵察していたんですが、たしかにあっちの方角に――なにかが暴れまわったのか、木が大量に枯死している場所がありまして……。そこにですねぇ、それはそれはも～う大ッ量の鬼火がですねぇ」

　鬼火……。アンデッドが纏うことのあるそれ――――……。って、

「ちょ、ちょぉぉお?!」「そ、それってまさか――」

　タラ～リと汗を流すシャリナとモーラ。そして、ギムリーは苦笑いしつつ言う。

「え、ええ、十中八九、ゲイルさんが行きたがっていた古戦場ですねー」

　ま、まじぃ？

「…………それって、あれやんな？」

「ええ、あれですね～」

「お、大昔に、一個旅団がドラゴンに全滅させられたところ……？」

「――いえいえ、正確には、一個旅団が古代竜に食べられたとこですね～。いや～もう、パクパクと連日やられてましたよ」

あははは～。

「「…………」」

ぷるぷるぷる……！

「あはは～とちゃうわぁぁぁあ！　行かん!!　行かんでウチぃぃい!!」

「私も嫌よ！　もう、幽霊船だけでお腹いっぱいよぉぉおお！」

「「絶対、アンデッドが無茶苦茶いるでしょぉぉぉぉおおお！」」

いやぁぁぁあああ！

「なんでアンデッド軍団が待ち構えているとこ行かなきゃならないのよ～！」

「ウチもいかんでぇぇえ！」

――NO！

――NOぉぉぉおおおお!!

頭を抱えるモーラ＆シャリナ。

「い、いや～。でもですねぇ。一応ランドマークと言えばランドマークなんですよ……古戦場。

まぁ、鬼火を見ただけなので、現地にいかないと本当にその古戦場かどうかわかりませんけど……。でももし、場所があっていれば、そこから里までは迷うことないですよぉ」

なんせ、ダークエルフ間でも有名ですしねー。

「……禁忌の地として」ボソッ

——あははー！

ずるぅ!!

「だッかッらッ、あははー！　と、ちゃうわぁぁぁ！　なんでお前は笑とんねん!!」

「そーよ!!　いやよ！——アンデッドはもうこりごりなの！」

第一、モーラはアンデッドが大の苦手……。

——って、あ。やばい……。

モーラは苦手だけど、約一名————。

嫌な予感がしてソ～っとソイツを覗き見るモーラとシャリナ。

「……あーもー!!　ほらぁあ！　そんな話をするから、約一名がワクワクしちゃってるじゃーん！」

「ほんまやぁぁあ、こ、このアホぉの目ぇ——キラッキラやでぇぇえ！　あーもー！」

嫌やぁぁぁあああ!!

モーラとシャリナが「「いやぁぁぁ！」」と叫ぶも、他に手があるわけでもなし。

——で、結局。

「ううぅ。嫌やわー」「アタシだって、嫌よ……」

ぶつぶつと暗いオーラを放ちながらどんよりとした顔で、トボトボと歩くシャリナとモーラ。

元気いっぱいなのはゲイルだけ――。

「いやー楽しみだなぁ！　一個旅団だよ、一個旅団！　アンデッドが一個旅団かー。うひひ、どれほどの素材が……」

ジュルリ。

「じゅるり、とちゃうわ！　アッホゥ！……ったく、暗くなる前に行くでぇ」

「そ、そうね。日中ならアンデッドって休眠してるのよね？　なら、場所さえ確認できたら、あとは一気に駆け抜けましょう！」

フォイトぉ！

「せやせやー！　一気に行くでぇぇ」

グッ、グッ！　と力こぶしを作って、拳をぶつけ合ってタッグを組むシャリナとモーラ。

だが、一方で……。

「ん、んー……どうだろうね？」「あー……どうですかねー」

そして、なにか訳知り顔のゲイルとギムリー。

だってねぇ……。

お化けは死なないし――。

ヒュオォォォォオオ……。

――で、テクテク歩くこと、さらに数時間。

荒涼（こうりょう）とした空気が流れるかなり広大な空き地に出ることになった一行は、目的地に到着（とうちゃく）したらしい。

ふむ……。どうやら、ここが昨晩ギムリーが鬼火を目撃（もくげき）した場所だというのだが――。

　オォォォォオオオオオオ……！

まるで、地の底から怨霊（おんりょう）が泣くような声が聞こえる……。

「おぉぉぉぉぉお！　すげぇっぇえ！」

「「どこがよ」やねん！」

きっもぉぉぉおお!!

「な、なんやねん、この土の色ぉぉお」

「あ、赤？　いえ、黒……？　うぇえ、と、鳥肌（とりはだ）がぁ……」

踏（ふ）み入れるのを躊躇（ちゅうちょ）するほど、ドロドロとおぞましいナニカが蠢くような大地。

耳をすませば悲鳴が聞こえてきそうなほどだ。――ぞわぁぁ！

「あ、あかん。あかんあかん！　ウチの全身の細胞（さいぼう）が、ここはあかん言うてるでぇぇ！」

「右におなーじ！」

クルリと回れ右して帰ろうとするシャリナ&モーラであったが――。って、

「ちょわぁぁああ！　な、ななん、なんやこの地面、動いとる？」

「ひっ！　いつの間にか、周りの土が……い、いやぁっぁああ！」

ガタガタと抱き合って震える二人。だって、そうじゃん？　ジワジワと黒い土がブクブクと泡立ちながら、水のように染み出し広がっていく様を見て、ニコニコしていられるのはゲイルくらいなもの。って、

「「ゲイルぅぅぅう！」」

「ん？　なにー」ニコニコ

しゃがみこんで土を掴み上げて丹念に観察しているアホ一人。もちろん呪具師のゲイルだ。

「あはは……。ゲ、ゲイルさんドン引きされてますよぉ。そして私も結構ドン引きです。はい」

「なんで？……それより、見てよ――いい土だねぇ……。長年の恨み辛みが丹念に浸み込んだ呪われた大地だよ。ふふふっ」

「ふふふ」て、アンタ……。

「アッホゥ!!　何いい顔して、農家の大切な畑の土みたいに言うとんねん！」

「丹念に育てた作物みたいに言うなぁっぁああ！　き、気持ち悪いにもほどがあるでしょ!!　おぇぇぇ、なにこの場所！　た、立ってるだけで鳥肌が立つし、吐き気が収まんないわ」

うっぷ……！

もはや、顔面蒼白で今にも倒れそうな二人。どうやらあてられたらしい。

平気そうなのはゲイルとギムリーくらいなものだ。

「んー？　瘴気吸っちゃったかな？　大きく深呼吸して――遠くを見た方がいいよー」

でないと引き込まれるからねー。

「……って、何にぃぃい！」

「何に引き込まれるっていうのよぉぉお！」

こわぁぁ！

「まぁまぁ、ゲイルさんはその道のプロみたいですし、言うこと聞いたほうがいいですよー」

「ギの字、おまはんはなんで平気やねんッ！」

「へ？……いえいえ、私も別に平気じゃないですよぉ？——ちょっと、似たような、のを知っているだけですよぉ」

「アホ抜かせ！　こ、こないなとこと同じ場所がそうそうあるかーい！　あーサブイボが止まらーん！」

ギャーギャーといつも以上にうるさいのは虚勢でもあるのだろう。

「……はぁ、シャリナもモーラも大げさだなぁ。ただの瘴気まみれの土じゃん？」

「だ・か・ら——」

それがアカンねーん!!

「何が『ただの瘴気まみれ』じゃあ！　普通は神官団呼んで浄化する規模やろが!!　あーアカン!!　コイツのペースに合わせとったら夜までいかねんでぇ」

「そ、そうね。それだけは御免こうむるわ！　アンデッドが出没する前にさっさと出ましょう」

ん？……何言ってんの??

「出没する前っていうか——……」

チラっ

「もういるよ?」

「「へ?」」

もう、いる? もういるよって、何が――……ゾボォォォオオオン!!

「ぎぃやぁぁぁああああああああ! 何か出てきたぁぁぁああああああ!」

「いやぁぁぁあああ! 地面の下からよぉぉぉぉぉぉおおおおおおお!!」

シャリナとモーラがビョ～ン! と飛び上がって抱き合う。

だって、地面からぁぁぁああ!

「ほ、骨ぇぇぇええ?! か、囲まれとるぅぅぅううううう!!」

「ひぃぃ、いっぱいいるぅぅう! あ、あ、ア――アンデッドよぉぉお!」

ぎゃぁぁぁぁぁぁああああああああああ!!

「あーあーあー、うるさいうるさい」

キンキン騒がないでよー。

「キンキンとは言っとらへーん!」

「っていうか、それどころじゃないでしょぉぉおお!」

――ドッパァァァァッァアアアアアン!!

『『コカカカカカカカカカカカカカカカッ』』

骨を鳴らして嗤(わら)いながら、ついに全容を現したアンデッドの群れ!

しかも、まさかまさかの白昼堂々に出没だぁぁ！

「「い、い、い、いやぁぁぁあああああああああ！」」

――で、出た出た出た出たぁぁぁああ！

互いに抱き合いブルブル震えるモーラとシャリナをあざ笑うように大量の骨が地中から湧き出てくる。そして、全方位――悲鳴とともに、無数のアンデッドがゲイル達を取り囲むように出現した！……それはまさに無数!! そう、無数のアンデッドが一斉にこの瘴気まみれの地面から起き上がった。しかも、なんか――。

「「あ、あ、赤いぃぃぃぃぃぃぃぃぃいいいいい！ そして、黒いゾンビもいるぅぅぅう!!」」

んにゃぁぁぁぁあああああ!!

……見た目も不気味で禍々しい真っ赤なスケルトンが、次々に這い出しては、起き上がり、這い出しては起き上がり。さらに、黒いオーラを纏ったゾンビたちも、スケルトンほどの数ではないが、唸り声をあげながら地中から顔を出す！

「おー！ こりゃ珍しい――カース・スケルトンにカオス・グールかぁ！」

近くに湧いたスケルトンを、間近から繁々と――。

「って、冷静かぁぁぁあああ！」

「めっちゃ喜んでんじゃないわよぉぉぉおお!!」

――いやぁぁぁあああああああああああ！

ゲイルに抱き着く女子二人。

「ちょ、くっつかないでよ！　ちょぉ、お、重いー」

「「重くはないッッ‼」」

いや、重いだろ……。

「ええから、なんとかせぃ‼」

「ゲイルの嘘つきぃぃい！　日中は休眠してるって言ったじゃないのぉぉぉおお！」

ぎゃぁぁぁあああああ！

「いや、なんとかって……。それに、嘘ってなんだよ？――別に嘘でもないでもないよ」

さっき拾った土をパラパラと捨てて、手をパンパンッ。

「これだけ瘴気まみれの土だよ？　昼も夜も関係ないって。なにより曇ってるしねー」

「アホォ！　それを、はよ言わんかい！」

「ア、アンタ絶対知っててやってるでしょ――――って、きゃぁぁあああ！　全部こっちに来たわぁぁぁああああ！」

ヌバァッァア……！

ドドドドドドドドドドドドゴゴゴゴゴゴゴ‼

古戦場全てから顔をだし、盛大な足音を立てて迫りくるアンデッドの軍勢。

その数、公称どおりならば一個旅団分の、五千だろう。

「「ひぃぃぃいい！」」

「んー。……ひーふーみー。……ま、五千はないにしても――二、三千はいるねー」

なるほど、これが噂のゴースト旅団かー。

「うんうん、いいもの見れたなー」と、一人満足気なゲイル。

……だから、冷・静・か・ッ！

「って、あっほぅ!!　サーカス見に来た気分で、ゴーストの軍団見てるんやないでぇぇ！」

「でも、コイツはそういう奴なのぉぉおお！」

……ひどい言われようだなー。

「まぁまぁ、大丈夫だって——最初っからさ」

ほいっ、とモーラとシャリナを軽く抱き上げ地面に下ろすと、

その脇を、ドドドドドド！　と、足音も荒く駆け抜けていくアンデッド達。

「ひぃぃぃいいいいいい！——あ、あら？」

「いやぁぁぁっぁあぁあ……！　あ、あれ？」

コカカカカカカカカカカカカカカカカッ！

そのうち大型個体——真っ赤なスケルトンの騎士が同じく白骨（？）化した軍馬にまたがり、

ボロボロの軍旗を振りかざして通り過ぎていく。

「え？　なんでや？」「ど、どうして？」

呆然とそれを見送るモーラ達。

ゲイルだけは訳知り顔でその姿を見送り、手を庇にして遠方を眺める。

「——ほら、彼らの目当ては俺たちじゃないよ」

「は、はぁ？」「ど、どういう意味？」

どういう意味も何も――。

「前にモーラに話したっけ――」

「へ？」

アンデッドがアンデッドたるのは、

「生前の心残りが原因だってね――」

つまり……。

――ズッッッドォォォォォォォオオオオオオオオン!!

ゴースト旅団が駆け抜けていった先。ゲイルがずっと凝視していたその腐った大地が爆発するように盛り上がり、その下からは轟音とともに立ち上がったものがある！

ゴゴゴゴゴゴゴゴゴゴゴゴゴゴゴゴゴゴ……！

……それこそ、この地の真の化け物にして、彼らの目標!!

地響きと共に、パラパラと土を落としながら現れたそれ！

「そう。あれとの闘いこそが彼らがこの世を彷徨う原因なんだよ、いやー。絶景かな、絶景かな～」

って、

「「「どぇぇぇえええ……！」」」

あわわわわ……。

これまで飄々としていたギムリーでさえ絶句。モーラとシャリナに至ってはいわんや!!

だって……。

　だって……。

『グォォォッォォォォオオオオオオオオオオオオン……！』

ビリビリビリビリ……！

澱み切った空気すら怯えさせるような絶対強者の咆哮！

そいつこそ!!
ド、ド、ド、
「「ドラゴンやないかーーーーーーーーーーい?!」」

「──のゾンビだな。いや、骨……かな？　んー……どっちにせよ、初めて見たなぁ」

眼福眼福。

って、

「言うとる場合かぁぁぁぁぁあああ！　なんでお前はそんなに冷静やねーーーーーーん！」

「眼福眼福じゃないわよぉっぉぉおお！」

ああああああああああああ!!　デカイ!!　でかすぎるぅぅぅう！

──そして、怖ぁぁぁああああああ!!

そのドラゴンの骨（?）がゲイル一行を目視しているのかしていないのか……。その巨体からはさっぱりわからないが、見上げるほどの、骨だけになったドラゴンが起き上がると、

『グォォォッォォォォオ……！』

と、威嚇するかのように叫び、直後。

キィイイイイン……！　と、何か喉の奥に青い炎を湛え始めた――。

……って、あああああ。ほらぁぁあ！　なんか吐こうとしてるぅぅう！

「ちょ、ちょちょ！　あ、あれってば――ドラゴンブレスじゃないのぉぉ?!」

「そ、そないアホな?!　あれ、骨しかあらへんやーん！」

「ド、ド、ドラゴンは魔力で火を吹くって聞いた事がありますぅ！」

ま、魔力ぅぅうう?!

「死んでるのに魔法使うのぉぉお?!」

「し、知らんわ!!　ああああああああ、あれはアカン!!　とにかく、あれはぁぁぁあああ！」

アカーーーーーーン!!

「同感ですぅぅうう！」

出現したドラゴンは真っ黒な骨の塊でありながら、存在感は肉を持った個体以上！

（注：もちろん、誰も本物見たことないけどねぇぇぇ！）

それは、ドラゴンゾンビ――いや、『ダークボーンドラゴン』とでもいうべき、化け物アンデッドだ！

『ゴルァァァァァァァァァアアアアアアアアアア!!』

そいつが――来る!!

た、た、

「「――退避ぃぃぃぃいいいいいいい！」」

キュバァァッァア!!

「うぎゃぁぁぁあああああああああ！」

「あぶなーい!!」

情け容赦なくぶっぱなされるそれ!!　幸いにも、ゲイル達を狙ったものではないのか、微妙に照射角がずれているが――――ドラゴンブレスに、そんなもん関係あるかーい!!

ドゴゴゴゴゴゴゴゴゴゴゴゴゴゴ！

まるで光線魔法のように、ジュウジュウウと、大地を溶かしながら薙ぎ払っていくブレス!!

その青い光の奔流のごときブレスは、掃き清めるがごとく――群がるゴースト旅団を焼き払っていく。そして、ゲイル達にも、ブレスの余波が及ぶ!!

き、き、

「「ッッきゃぁぁぁあああああああ！」」

ドッカァァアッァアアアアアアン!!

「――ほい、解呪ッ！」

バラバラと吹っ飛んでいく、ゴースト旅団！　そして、衝撃波が、ブワァッァアアアア！

とゲイルに迫り、モーラ達をも焼き焦がさんとする――って、あれ？　あれ？

か、

「「解呪ぅぅぅぅうううううう⁇」」

ボファァア……!

「ぶわっ!」「きゃぁぁあ!」「ひぇぇぇえ!」

思わず目をつぶったモーラ達の目の前で霧散していくブレスの余波。

それはまるで霧のように、ゲイルに当たる直前に霧散していった――。

え?

え?

え?

えええええええええええええええええええ⁇

う、う、

「「う、うせやーーーーーーん⁉」」

「はは、すっげぇな――」

いやいや、凄いのはお前だ。今何をした⁉

「ど、どどど、どーやったのよ⁉」

「ん? 解呪したけど?」

あっけらかん。

「いやいやいや! 今のブレスやん!」

「ん? 呪いのブレスだね」

それがどうしたの？

「だ、だから、ゲイルさん……説明不足なんですって――」

「え？　アンデッドが使うブレスなんだから、本物の火じゃないよ？――だって、骨だし」

うん。骨だね。

「「「って、そうじゃなーーーーい!!」」」

「あーあーあー。うるさい、うるさい。もー」

ほら、いいとこはこれからだよ。

「いいとこって、アンタ――さっさと逃げ、って」

な、な、な、

「「「なんじゃありゃぁっぁあああああ！」」」

おや？　モーラ達の目の前で、ブレスで焼き払われバラバラになったはずのゴースト旅団の様子が……。

カラン……ッ！

　カラコロカランッ！

乾いた音を立ててまるで水銀やスライムのように……。

　カラカラカラカラカラララッ!!

――い、一か所に集まって膨らんでいく?!

「う、うそ。さ、さっき、バラバラにされたアンデッドの軍勢が……ひ、ひとつに？」

モーラの言う通りだ。まるで、意思を持ったように、ひとつひとつの骨が転がり、独特の重軽い音を立て集合していくゴースト旅団。

「……へへへ、思った通り、群体化(スウォーム)したなぁ」

──軍隊なだけに。

ニヤリ。

「おもろないわ、アホォ！……って、な、なんやあれ！　スケルトン群体(スウォーム)ってやつか？」

まれに墓所に出没する、超(ちょう)レアモンスターだ。

だが、それにしては数が……大きさが……規模が──。

「ひぇぇぇ……。ま、まさか、あれが全部ですぅ……⁉」

そう。数千のスケルトンと少々のゾンビ。それらが積もり積もって──……。

『コカカカカカカカカカカカカカカカカァァァァアアアアア‼』

──……群体化からの、合体ッッッ‼

ガラガラガラッッ！

ズシンッズシンッ‼

「「が、骸骨(がいこつ)⁉　骸骨が、骸骨の巨人(きょじん)にぃぃぃぃぃい！」」

──ひぇぇぇぇぇぇぇ‼

『『『コカカァァァアアアア‼』』』

密集した骨が立てる、重奏する気味の悪い音と共に、ついに、集合を果たしたゴースト旅団が、黒い靄に包まれた真っ赤な骸骨となりガッシャガッシャ！　と音を立てる一体の巨大スケルトンとなった！

「おぉぉー。思った通り、合体スケルトンになったな！　知ってるぞ、これは――」

ギガントスケルトンじゃーん！

じゃーん♪

じゃーん♪♪

「いやー……。初めてみた。じつは、呪具師の界隈では伝説だったんだよねー」

うんうん。……一人納得するゲイルの眼前で繰り広げられる激しい攻防。

「ア、アカン。もう、ウチの理解力を突破したわぁ」

「あはは、理解なんてできないわよ」

あっさりと思考を放棄したシャリナとモーラはペタンと座り込む。

彼女らの眼前で繰り広げられるそれは、まるで、巨人と竜の戦いだ。

――そして、かのゴースト旅団は一歩も引かず、あの骨ドラゴンと戦い続けるつもりのようで、

「あ、あはは……。圧巻ですぅ。ま、まるで、怪獣大決戦ですねぇぇ」

二人に続いて、その場に女の子すわりでへたり込んだギムリーの言う通り、その様は圧巻の一言だ。……もはや、眼前で繰り広げられているのは、すでに人智及ばぬ戦いで、呆然と見守ることしかできないモーラ達であったが――。

ズガンッ！

　ドガーーーン‼

「「「ぎゃぁぁぁぁああああああ！」」」

その余波までは見逃してくれなかった！

――バラバラバラッ！

「お～っと、解呪、解呪ぅぅ」

まき散らされるギガントスケルトンの破片がモーラ達に降り注ぐ危ういところ！

それを、ゲイルが解呪で迎撃していくと、空中でボロボロと崩れていく。

デカイが脆いらしい。だが、それもただの一部だ。

ギガントスケルトンはその巨体で、激しくダークボーンドラゴンと激闘を繰り広げていく。

――そのたびに、その余波で耕されていく腐った大地。大地大地大地ッ！

「って、もしかして。毎夜毎夜これやってたの――？」

あー……どうりでジワジワ呪いの大地が広がるわけだ。

「あわわわ……。森が汚染されていきますぅ……！　き、禁忌の地とは聞いていましたが、ま、まさかこんなことになっているなんて――」

どうやら、地元民のギムリーですら知らなかったらしい。むしろ、地元民だからこそ避けていたのかもしれない。

……大昔に、魔王亡きあと、ダークネスフォレストを支配せんとした国が送り込んだ軍隊が、古代竜に襲われたところまでは知っていたが、まさか、まさか、千年もずっと戦い続けていたなんて……。

巨大な骸骨と巨大な骨の竜の戦いは、まさに神々の視点で行われるもので、繰り出される巨大パンチと、魂と骨すら溶かすカース・ドラゴンブレスの応酬が続く。

「う～ん――いやはや、これはどっちも欲しいぞぉ」

そして、うん。何か言ってるアホがいるけど――――って、ちょちょちょちょちょぉぉおお！

すたすたすた。

「ア、アアアア、アンタ、ゲイル何やってんのよぉぉお⁉」

無防備に怪獣大決戦に近づくゲイルをみて腰を抜かすモーラ達。

「ん？　何って、素材回収だけど」

――そ、

「「「……素材回収ぅぅぅぅぅぅううう⁉」」」

な、ななん、何言ってんのコイツ？　馬鹿なの？　死ぬの？

「って、アッホぉぉぉぉおおおお！」

「あ、危ないわよゲイル‼」

「大丈夫、大～丈夫、そこで待っててー」

待っててー、とちゃうわ‼

お前がマテ‼　待てゲイル‼　ＷＡＩＴ！　ＳＴＡＹ‼　ステイ、ゲーイル‼

「――む、無茶すなぁぁ！　あ、あんなもん近づいただけで、一発でボーーーーンやぞぉ！」

骨なだけにぃぃぃ。

「ほい――超解呪」

ボーーーーーーーーーーーーーーーーーーーーン♪

って、

「「「はぁぁぁっぁぁぁあああああああああああ?!」」」

――『ボーーーーン♪』て、お前がやるんかーい!!

しかも、白い爆発起きとるがな?!　って、あああああああああああ！　あの巨人と竜がぁっぁあ……！　もはや、アホとアホと大アホの戦い。呆気に取られて身じろぎすらできないモーラ達の前で、アンデッドどもが白い光に包まれていく。

その目前では、ゲイルが無造作に地面に手を当てて魔力を注いでおり、直後に、白い爆発のような輝きが生まれて、ゲイルが手で触れた先から――地面を通じて全てのアンデッドと、呪われた大地から黒い瘴気が吹き払われ、ついに一斉に解呪されてしまったではないか。

そして、ゲイルの解呪にかろうじて耐えていたかに見えた巨大アンデッドどもは……。

『コカカカカカカァァァァッァァァアアア……ァァ……ぁ……』

『ゴギェェェェェエエ……ェェェ……ェェ……ぇ……』

ブルブルと震えるようにして、ギガントスケルトンがひび割れ白い光を内部から溢れさせピシピシッと崩れていく。

もちろん、ダークボーンドラゴンも同様で――。

　ピシッ、
ピシピシ、キシィイ……。

つ、ついに――ッ！

『コッカァ――……』

『ギィエエエ――……』

――ボロボロボロ……ボ…………。

「ほぃ」

最後に近づいたゲイルがトドメとばかりに、チョイン♪　とつつくと、ついに両者ともに、
ガラガラガラガラガラガラガラガラガラガラ……！

　ガッシャーーーーーーーーーーーーーーン!!

――盛大な音と共に無数の骨片となって地面に崩れ落ちていく。

もう、その、実に爽快な有様よ！　キラキラ輝いて天に昇っていく魂の中心にたつゲイル。

その光に包まれた姿の、まぁ無駄に神々しいこと神々しいこと、その光景よ。

――に、似合わなーい……。

「ん?……そーいや、さっきなんか言った?　ボーンとか?」

「ゆーとらんわぁぁぁあああああ！」

ボーン♪　なんてゆうとらん!!　ゆうとらんっていうたら、ゆうとらん!!

「くっそがあぁっぁああ——無駄に神々しい光景作りおってからに……」

「あーもー。無茶苦茶よぉ、千年の呪い解いちゃってまぁー」

文字通り千年の呪縛から解き放たれたアンデッドたち。彼らがもはや面影すらわからないほど希薄になった自我とともに、キラキラと空に還っていく……。

「かーぎやー」

そして、一個旅団分の魂とともに、かの巨大な竜も——。

……なんとまぁ、幽霊船に続いて二回目の大量解呪。

大量の魂が解放され、天に昇っていく……。

『——ギィ……エエ……ンッ』

……その瞬間、ほんの一瞬だけではあるが、過去の映像が光の中に見えた気がする。

それは、子育て中のつがいのため大量の餌を必要としていた古代竜が、ダークネスフォレストに侵入してきた一個旅団を襲うさま。

ただ、それは事故だったのかもしれない。旅団の兵士たちにその意思はなく、同時に古代竜も積極的に軍隊を襲う気もなかったのだろう。

魔王がいたころでさえ人類に不干渉だった古代竜。しかし、運悪く、たまたま旅団が侵入したのが、その巣の傍であったらしく、侵入者として狩られたらしい……。

——わーわーわー！

——ギィエエェッェエエン!!

そうして、激しく戦う旅団の兵士は、アンデッド化してもなお貪られ、古代竜もまた、怒りのあまり、アンデッド化した兵士たちを齧り続けたせいで、竜自身もまた体調を崩し、ここで死を迎えた様が見えた。

あとは、最後の最後まで、つがいのことを想いつつ無念のままに果てる古代竜……。屍に寄り添うつがいの竜までもが、最後の光として見えたところで、彼らは天の彼方に消えていくのだった――。

「あ、あー……なんというか、理由を知ってしまえば、どっちも間抜けですねぇ」

ただの不幸な事故だ。……それを知ってしまったギムリーは、近くを漂っていた霊魂をそっと撫でて、しみじみと呟いた。

……せやな。

「そんで千年戦い続けてたっちゅうんか――不毛やのー」

――しみじみ……。

「って、そうじゃないわよぉぉぉおお!! え、え、え、えええええっええええええ!!」

ア、アンタ。

「しょ、瘴気まみれの土地を浄化したのぉぉぉおお?!」

え? うそ、そんなこと可能なの??

ええ? 普通、教会がデッカイ神殿を立てて。

えええ? 何年もかけてお祈りして、ジワジワ浄化していくもんじゃないのー?

――だから、高い寄付も得るし、世界各地の墓所の上には教会があるんだけどぉぉお……。

「……ん？　浄化⁇　いやいや、浄化じゃなくて、解呪だよ。かーいーじゅー」

いやいや、違いがわからん……。

「全ッ然、違うよ！　解呪は呪いを解くだけだよ？　浄化は――……なんか、たぶんー……ほら、綺麗にする系な？」

って、知らんのかーい‼　うろ覚えで言うなし‼

つーかほらぁぁあ！　もーゲイルの解呪で、空気スッキリしてるんですけどぉぉおお‼

「すっきりしたならいいじゃん？」

「いいけどぉぉおお！」

相変わらずの夫婦漫才。って、

「「だれが夫婦だよ‼」」

――おめぇらだよ。

「しかしまぁ……いやはや。規格外ここに極まれりやでぇぇ」

「ほ、ほんと、ゲイルさんはゲイルさんですねぇぇ」

シャリナ達も呆気に取られて二の句が継げない。

っていうか、古代竜のアンデッドなんて、世界を滅ぼす厄災クラスなんじゃ……？

「大げさだなぁ。あれくらいのアンデッド解呪できなきゃ、呪具師なんてやってらんないよ？」

「……お前のゆー呪具師いうんは、多分――世間一般の呪具師とちゃうと思うで」

またまたー。

「シャリナは、おだてるの上手いんだからー。んー……でも、しまったなぁ――【超解呪】すると、次のアンデッドの湧きが遅くなるから、あんまり使いたくなかったんだよね。でも、さすがにあの大物相手だとなー」

やっちゃったなー。と、残念そうなゲイル。

…………は？　も、もしかして、定期的に狩ろうとしてた？

「……う、うそでしょ？」

「ま、しょっちゅう来れるとこじゃないし、しょうがないかー」

いやいやいや……。ふぅ、いい仕事したぜ、とかいてもいない汗をぬぐう仕草をするゲイルを何とも言えない目で見る三人の女子。そして、余裕さえあれば次も狩る気満々で超解呪を使ったことを後悔するゲイルなのだが――……。って、待て待て待て待てまてーい！

「ア、アンデッドのドラゴンやでぇぇ！」

「しかも、あれってば古代竜の骨でしょぉぉぉぉおおお?!」

もし、アンデッド旅団と毎夜激戦を繰り広げていなかったとすれば、あの強さのまま世界各地で何をしでかしていたことやら……。ただでさえ、災害指定種の斜め上を行くであろうドラゴンだ。……しかもその上位種の古代種――のアンデッド。

最上古代種×最強ドラゴン×最恐アンデッドですよ?!

きっと、とてつもない厄災となったに違いない――。くわばらくわばら……。

「あはは、アンデッドはアンデッドだよー」

あははははー。

「………うん。あかんわ、コイツとまともに会話しよう思うたウチが間違っとったでぇ」

「……そうね。もうコイツを常識で測ろうとする方が間違ってるのよ。アンデッドなら全部素材に見えてるんじゃないの？」

「え？　素材でしょ？」

そーですねー……。

「はぁ……。ほんと、アンタってば、な～んで呪具師なんかやってんのよ」

「どういう意味だよ！」

「どうもこうもないわよ！　いっそ、呪具屋辞めて、アンデッドハンターでもしたほうが儲かるんじゃないの?!」

『───ありがとぅ……』

いやいや！　なんで、なんでわからんねーん!!　しかも、全然無理とちゃうやろがい！

「なんでだよ！　無理に決まってんだろ！」

「ん？　なんかいった？」

「言ってるわよ、さっきからぁっぁああ！」

絶対職業選択を間違ってるなーと思うモーラ達であった。

……そして、ギャーギャーと騒がしいゲイル達の間を、白い魂が虚空に消えるようにして、キラキラと輝きながら空に昇っていく――。

その様を、ゲイル達もまた、騒がしくしつつも見るともなしに、見送るのだった……。

エピローグ「現役の古代竜と、ダークエルフの皆さんと、」

S Rank party
kara kaiko sareta
[jugushi]

「よーし！　あったあった」

ガシャガシャ！　と無数の骨をかき分けていたゲイルが、すっごい綺麗な笑みで顔を上げる。

って、頭、頭……赤黒いしゃれこうべが載っかってるぞ――。

「……で、なんやねんそれ」

「ん、これ？」

ゲイルがニコニコしながら掲げるものは、真っ赤な塊と真っ黒な塊。

どちらも、不定形なのか、ウニョウニョ動いて見える。

じゃんっ♪

「へへ。これが、アンデッドの核――いわゆる、呪いが凝縮されたやつなんだけど、この大物、クラスじゃないと滅多に取れない代物なんだぜぇ」

へへーん！　と自慢げに掲げるが、知らん知らん。

「……ほー。それが核っちゅうもんか？　ギの字は知っとんのか？」

冒険者ギルドのマスターなら何かご存じで？

「い、いえ、初めて見ました……。ご存じの通り、アンデッド素材は人気ないんですよ」

錬金素材として、多少は取引はあるのでギルドで買い取ってもいるが、普通のモンスターの素材に比べて安価なのだ。まぁ、ある意味それだけに希少ではあるんだけど……。

「なので――『核』？　ですか？　聞いたことないですねぇ」

「ん？　知らない？　これを使って、いろんな道具に符呪ができるんだよ？」

装備品とか、巻物や呪符とかにねー。

「「へー」」

聞いといてなんだけど、モーラ達は超興味なし。

だが、ゲイル曰く、呪具の調整に欠かせないものなんだそうだ。

例えば、アンデッド素材以外でできた普通の剣や鎧に、呪具としての性能を定着させたりとかね。

「まぁ、デザイン性は皆無だし、ホントの意味での素材だねー。へへ、だけどこれがあれば、あとで皆の装備を強化したげるぞ」

「「いらない」」

息ぴったり――って、なんでぇぇぇ?!

「いらんことすんなっつーの！」

「どうせ呪われるんでしょ！」

「自分の装備は人には触らせない主義なんですぅ」

えー。

「そ、そりゃ、呪われるけど、ある程度はコントロールできるよ？　呪いの部分だけ俺が引き受けたりとかできるし――まぁ、俺から離れすぎると、すぐに返ってくるけどね」

『呪い返し』ってね。へへ。

「へへと、ちゃうわ!!　離れると呪われるぅ？……こ、怖っ。――つーか、結局呪具やないかーい！　そんな、不穏な装備を作んなやッ!!」

「あ、あー……なるほど。それで、カッシュたちの装備強化してたのね」

どーりで。

モーラだけが納得顔。当初のカッシュたちが呪われた装備の存在に気付かないわけだ……。

どうやら、核を使った付呪は、思った以上に応用が利くらしい。

ゲイル的には、好きにデザインできないからあまり好きではないとのことだが……。

「ま、まぁそれより、そろそろ行きましょうかぁ？――幸いにも、古戦場の位置が分かったので、里はそう遠くないですよぉ」

「せやなー。さすがにもうウチも疲れ果てたわー」

とくに、ツッコミにー。

「同感」

「んー。俺はもうちょい――」

「「いいから!!」」

骨の山に未練たらたらのゲイル。詰め込めるだけ詰め込んでもまだ残念そう――。

「なんやねん、もうちょいって！　居酒屋とちゃうんやぞ!!」

「ま、まぁまぁ、里のみんなに言って、残りは回収しときますよぉ？　なにせ、ドラゴンの骨なんてそれだけで価値ありそうですしぃ」

「ホント!!　ありがとー！　あ……だけど、扱(あつか)いには気を付けてね。素材だけでも、め～っちゃ呪われてるから――」

びくぅ！　そっとダークボーンドラゴンの残骸(ざんがい)に触れようとしていたギムリーが手を引っ込める。

「の、呪われてるんです？」

「へ？　そりゃー、新鮮(しんせん)素材だしねー」

うん。言葉が通じなーい。

「……ゲイルさん、あのぉ、さっきの件はやっぱりなしで――」

「なんでぇ?!」

「いやいや、なんでか、わかりなさいよ、アンタはぁぁぁあ！」

もう!!

「ほら、行くわよ――欲しかったら自分でまた取りに来なさい！」

「ぶー。じゃ、これだけでも……」

ずしんっ！……って、

「シレッと、ドラゴンの頭骨もってくんなぁぁぁあああ！」

「なんでぇ？　かっこいいじゃーん！」

んんんんー……そうね！　たしかに、ちょっとカッコイー！　けどね、

「デカイ」

「重い」

「邪魔」

「「「あと、臭いッ！」」」

「ひどい!!」

いやいや、それ運ぶのはゲイルがやるとしても、帰りとかどうするつもりなんだか……。

「置いてきなさい！　だいたい古代竜にも、家族がいたんでしょ？　なら悪いわよ。なにしろ、さっきチラ見した記憶では、子育て中とか――……」

……………………あれ？

家族？　子育……て？

な、な～んか、引っかかるんだけど――。

「え、え～っと。そういやつがいとか子供はどこ行ったんだろ？」

「ん？　そらぁ、あれやろ。伝承で聞くところのドラゴンは情が深い言うでな？――案外、まだ近くにおるんちゃう？」

「え？　そりゃ～いますよ？　前にもいったじゃないですか。麓で村人パクついてたって――」

あー。フォート・ラグダを襲ってる――……って、

バッサバッサ。

ふと、頭上が暗くなる。そして、猛烈に吹き降ろす風圧と圧倒的なプレッシャー。

なぜか汗が止まらない――。ダ～ラダラダラ……。

「な、なぁ……聞いていい？」

「せ、せやな……とりあえず聞いてみよか？」

チラッ。

『ゴルルルルルルルルルルルルルルル……』

え、えへへ。

「え～っと、上にいるアレにとって、俺ってどう見える？」

「そ、そりゃあ、あれじゃない？……親の墓を荒らした不届きもので――」

「――死体を漁るハイエナとかですかねぇ」

だ、だよねー。

「「「あはははははははー」」」

はははははははー……。

すぅぅ。

「「「――逃げろぉぉぉぉぉおおおおおおおおお！」」」

『ギェェェェッェェエエエエエエエエエエエエエエン!!』

ビリビリビリビリ……！

ぎゃぁぁぁあああああああああああああああああ!!

現役の古代竜だぁっぁぁぁああああああああああ!!

「に、にに、逃げるってどこ行けばいいの？」

「し、知らんわッ！　力の限り、命を振り絞って走らんかいぃぃぃぃぃい――――って、」

「アンタ、何持って逃げてんのよぉぉぉぉおおおおおお!!」

思わずドラゴンの頭骨をもって走り出しちゃうゲイルさん。

そして、その仲間とみなされたモーラ達。

「あああああ、まずい!!　ゲ、ゲゲ、ゲイルさん！　そ、それぇぇ！　それ捨てて！　早く捨ててぇぇぇええ！」

「え？　えーもったいな――――」

ぎゅばぁぁぁぁぁああああああ!!

「おわぁっぁぁあああ！　前方の地面！　焼けとるでぇぇえええ！」

「見えてるわよッ!!　右へ転進んん!!」

「あああああ、違います！　里の方向は左です――って、だめです！　里に来ないでくださいぃぃいいい！」

ちょぉッ?!

「ギムリーさんが里まで来てくれって――」

「そんなの連れてこないでくださいよぉぉおお！」

ギィエェッェエエエエエエエン！

　ギィイエッエェエェエエエエエエエエエエエエン!!

「うわぁぁ、無茶苦茶怒ってるぅぅう！」

「あったりまえやろがぁっぁあ！　お前のせいやぞゲイルぅ！――っていうか、おま!!」
　ア、アレより強いの倒しとるやんけ!!
「戦えやぁっぁあ！」

　シャリナの無茶ぶり。チラッ。

『ギィエェッェエエエエエエエエエエエン！』

「無理ぃぃい」

　ガクゥ！

「なんでよ?!　ぜったい、さっきのダークボーンドラゴンのほうが強かったでしょ?!　ブレスの威力だって桁違いだったし――」

「い、いやいやいや！　アンデッドちゃうやん？　お肉ついて生きてたらドラゴンやん？　それはもう無理やーん！」

　い、

「「意味わからぁぁあっぁぁあん!!」」

　キュバァアアァッァアアアアアア!!

「あっちぃぃいいい！」

「あああああ。まずい！　炎に囲まれてるわ！」

「くっそがぁぁ！　やるしかないでぇ！」

キキー！　と、急ブレーキしたゲイル一行！　そして目の前には真っ黒な肌の古代竜の母ちゃんか子供のどっちかが『ゴルルルル』と唸って、滞空中。

口には真っ赤な炎をたたえてブレス上等……。——怖ぁぁぁああ！

め、めっちゃ怒ってるぅぅぅうう！

「あ、あああああ、謝ったら許してくれるかな？　ほ、ほら、竜って言葉分かったりするんだろ？」

「あー。せやなぁ、おまはんが一人行くのは止めへんでぇ」

薄情なッ！

「何が薄情やねん?!　むしろ、人様をまきこむなや！」

「そ、それよりも、逃げ場がもうないわよ！——武器を構えてッ」

キンッ！　と音を立てて杖を構えるモーラ。

どうやっても逃げられないなら、戦うしかないだろう！

「ああぁ、もう！　こうなったらヤケです！——やりますよ！」

シャリンッ！　とギムリーも両の手に短刀を構えて迎撃態勢。

『ギエエエッエエエエエエエエエエエエン!!』

びりびりびり。

「「はい、無理ぃ」」

諦めんのはや!!

「あっほぅ！　四の五の言わんで攪乱くらいせぇ！」

——でっりゃぁぁあ！

ジャキッ！

商船からかっぱらってきたバリスタを構えるシャリナ！

流れるような動作で構えるそれに初弾を装填ッ！

「ぶちかましたるわぁっぁあ！」

ドキューーーーーン!!

「どうじゃぁぁぁああ！」

——カーン！

「はい、無理やぁぁぁあああ!!」

だから、諦めんのはやぁぁぁああ！

「あっほぅ！　これが効かんでどうやって倒すねん!!」

「なんかあるだろ、なんかぁっぁあ！」

なんかってなんやあぁぁあ！

「っていうか、さっさとその骨捨てんかーい！」

「ちょ！　遊んでないで——やるしかないなら、覚悟を決めなさいッ！」

はぁぁっぁぁぁぁあああああ!!

「全力よ!!　みんな、一撃（いちげき）にかけて!!――――全能力向上（オールアビエイション）、向上（アビエイション）、向上（アビエイショーーーン）ぉおお！」
ガ、カァァ――――!!
ゲイル、シャリナ、ギムリーにモーラの十八番である、全能力向上のバフがかかる！

「……短時間だけなら、全能力が4倍よ！――ステータス上昇（じょうしょう）に合わせて一気に畳（たた）みかけて！」

真っ青な顔のモーラ。おそらく相当に無茶をしているのだろう。

「あぁ、もう！　モの字の言うとおりや！――ゲイルぅぅう！」

ガッチャンッ！　と、バリスタの弦（げん）を引いてゲイルにぶん投げるシャリナ。

「ちょ！　こんなの使えないぞ、おれ！　しかも、矢がないんだけど?!」

「アッホゥ！　引き金引くくらいできるやろ！　腕力（わんりょく）なくても、いつもの荷物感覚で持って、ぶっぱなせぇぇぇえ！」

矢は、なぁぁ。

――むんず。

「ちょ!?　しゃ、シャリナぁぁあ!?」

なぜかギムリーの首根っこを掴（つか）むシャリナ。

「……一撃にかけるんやろ！　いくでぇぇ!!」

そうとも、矢はなぁぁぁあ！

「とぅ！」「ひゃあ?!」

ズンッッ!!

「お、重ッ！　な、なんでバリスタの上に二人で乗るんだよ?!」

「決まっとるやろが!!　そいつで、ウチとギの字を撃ち出せぇぇぇぇぇ――」

「えーーーーーシャリナ、それはさすがに、」

――パァァアッァアアア!!

その時、ゲイル、シャリナ、ギムリーを黄金の光が包んでいく。

どうやら時差でやって来たモーラのバフだ!!

「おおぉぉおおおっしゃぁぁぁあ、漲って来たやろがぁぁあああ！」

「あーーーーーもーーーーー!!」

ブンッ！

ゲイルはドラゴンの骨をぶん投げると、バリスタを両手で構える。

そしてその上にのったシャリナとギムリーを装填すると、

「やぶれかぶれだぁっぁぁああ――――！」

「そりゃぁぁ、」「こっちのセリフですぅぅう！」

ドキュンッッッ!!

「どわっぁぁぁあああああああああ！」「うひゃぁっぁぁぁあああああああああああ！」

同時に射出されたシャリナとギムリー！

そのままグルングルンと空中で回りながら古代竜と同高度へ！

『グルォォォオオ?!』

古代竜は古代竜で、ゲイルが投げ捨てた骨に気を取られていたせいか、一瞬反応が遅（おく）れる。

その隙（すき）を狙（ねら）って、シャリナの一閃（いっせん）!!

「ふんぬらばぁあっぁぁあああ――――!!」

ブォン！　と、空中で抜き放った帝国（ていこく）製の戦斧（せんぷ）を振りかぶると、古代竜の脳天めがけてぇぇぇええええ!!

「太刀の初打ち（ダイレクト・インパクト）じゃぁあっぁぁあああああ！」

ドカァァッァァァァアアアアン!!　と、シャリナの全力の一撃ッ！

……もうもうと立ち込める衝撃（しょうげき）でまい上がった埃（ほこり）――――カーン。

「あかんかったわぁぁあああ！」

さすが古代竜。

さすがはドラゴンの鱗（うろこ）――！

帝国製の武器とはいえ、ただの鋼が効くはずもなし――――！

くるくると落ちていくシャリナであったが、その陰（かげ）からシュッと飛び出した小さな影（かげ）が一っ！

「鋼がダメなら――――……」

キラーンッ!!

ダークエルフ謹製（きんせい）――――オリハルコンなら!!

「効きますよねぇ！」

サクゥ――――……刺さった、――けど、んんんん、短い!!

「ですよねーーーーーーーー！」

見事に刺さったはいいものの、分厚いうろこに刺さっただけでどうにかなるものではない！

っていうか、こんなん倒せるかぁぁああ！　短刀を手放し、自ら空中に身を投げるギムリー！

……とぅ！

「「無理でしたぁぁぁあああああ！」」

ああああああああ、もう――――!!

「諦めんの早いわよぉぉぉおお！」

そこで、モーラの魔力も尽きて、彼女がガクリと膝をつく。

さすがに過剰なバフの重ね掛けは魔力の消費が激しすぎる!!

「あわわわわわ！　まずはシャリナぁぁあ！」

ゲイル、ナイスキャッチ！

「あぶっ――――……あああ、もうちょい優しく受けとめぇ！」

「無茶言うな――って、次はギムリーさん!!」

シャリナをお姫様抱っこしつつ、離れた位置に落ちようとしているギムリーのところに向か
うゲイル――間に合うか……！

「あ、私は大丈夫です」

「げふ!!」

ドスンっ！　とゲイルの頭の上に着地するギムリー。とりあえず間に合ったゲイルは、頑張った方だ。――でも、事態は全然好転していない。どころか……。

『ごるるるるるるるるるるる……！』

脳天をぶっ叩かれてほんの少し跡がついた鱗と、ギムリーが刺した短刀にチラッと目を向ける古代竜。だけど、それだけで――……ほぼノーダメージ。

「あああ、あわわわわ……い、いいい、今から謝ったら許してくれたりしないかなー？」

「せ、せやなー。試す価値はあるでぇぇ」

「そ、そうね。じゃ、せーので、」

「すぅぅ……」

ホント、すんま――――。

『ゴルァァァァアアアアアアアアアアアアアアアアアアアアアア!!』

ビリビリビリ……。

「「「……無理だね！」」」

はい、無理！　絶対無理。

だって怒ってます！　め～～っちゃ怒ってます。そうなったら、あとは――――……！

「「「やっぱり逃げろぉぉぉぉおおおおおお!!」」」

ああああああああああああああああ!!

あああああああああああああああああ!!

「「「「ああああああああああああああああああああ‼」」」」

ちょうどうまい具合に地面の火が消えていたので、そこをめがけて逃げ出すゲイル達。

だが、そんなことに気付かぬ古代竜ではない！

……というか、もちろん計算されていたのだろう。

魚の追い込み漁と同じで、一直線に進んで逃げるゲイル達に照準をあわせると、今度こそこんがり焼いてやるとばかりに口の中に無茶苦茶高温のブレスをたたえる――――すぅぅぅ……。

キュバ――……。

「姫さまぁぁっぁあああああ！」

ズドォォオオン‼

『――ゴァァァアアアアアアアアアア⁈』

ゲイル達の背後で爆発音！

「へ？」「へ？」「へ？」

「……あ！」

その衝撃のせいか、すんでのところで、あの古代竜が顔をのけぞらせて、ブレスを明後日の方向に発射！

――キュバァァァッァァァアアアアアアアア‼

「あづ！　あづ！　あづ！」

直撃しなくても余波があっづぅぅぅう――――けど、

「た、助かったー……？　けど、なんでや？」

「な、なんか爆発したみたいだけど、……え、ええええええ？」

まさかのブレス暴発？

いや、そんなはずは――……！

……ザッザッザッザッザッ!!

「うわ?!」「な、なんや?!」「だ、誰よコイツら?!」

危機一髪、危うい一撃を逃れたゲイル達がへたり込んだところに、足音も荒々しく何かの集団がやってくる？　そして、古代竜を見上げて口々に叫ぶ。

「ちぃ！　空を覆った――何の光かと思ったら古代竜だとぉぉお！」

「そんな光には見えなかったが――いや、それどころではないな！」

「撃て、撃てぇぇえ！　全弾撃ち尽くせぇぇぇ！」

――撃てぇぇぇぇぇぇえ！

ドキュン、ドキュン!!

突如出現した、黒装束の一団が一斉にボウガンを発射！　それらが連続して爆発する。

なんだろ？　誰だろ？　っていうか、この人ら、暗殺衣装に身を包んだときのギムリーに似ているけど、これって……。

「み、皆ぁ?!」

ようやく事態に気付いたギムリーが声を上げると、そこに一人が駆け込んでくる。

「……ひ、姫様、ご無事で⁉」

片膝をついた暗殺装束の一人がローブをとって恭しく一礼する。

「遅参、申し訳ありません！」

ダ……ダークエルフ？

「え、ええ……！　私は大丈夫。それより、よくここがわかったわね……？　でも、いいタイミングだったわ」

「は！　恐縮であります！……しかし、話はあとで――――……総員、一斉射ッ」

「「おう！」」

ズドドドドドンッ！

頭目らしきダークエルフの号令の下、焙烙玉つきのボウガンが古代竜に一斉に照準されて連射ッ。それ自体は、たいした威力にはならないようだが、連続する爆発を嫌って古代竜が身をよじっている。

「よし！　今のうちにこちらへ！」

「煙幕ッッ」「えんまーく！」

……ポポォン‼

軽い爆発音の後、何やら悪臭のする煙がもくもくと立ち込める！

「ごほごほ！　な、なんだ、なんだ？　今度はなんだよー。モーラぁ⁈　シャリナぁぁ⁈　どこ――」

って……うわぁッ⁉　突然の浮遊感にゲイルが慌てる。

「こ、ここよ——きゃぁあ！」

「ゲホッガヘ！　ど、どないした、モの字——ひゃあ?!」

煙の中お互いの位置を確認しあっていたゲイル達であったが、突如、全員が乱暴に担がれて、連れ去られてしまう。

「ど、どわぁぁぁあ！　なんやなんやぁぁ！」

「きゃあああ！　どこ触ってんのよぉお！」

シャリナ?!　モーラぁ?!

こ、こいつらいったい……。って、

「髪ぃぃい!!　いーたたたた、髪！　髪が抜けるぅうう！」

乱暴に髪をひっつかまれて担がれたゲイルも、ついに二人を気遣うどころではなくなってしまった。それはもう、荷物と同じ扱いなので、無茶苦茶だ。

……それでも、背後で怒り狂った咆哮を上げる古代竜の気配から遠ざかりつつあるのだけはわかった。

「お、下ろせよ！」

「なんやっちゅうねん！　うひゃ?!」

「ぷぁッ！　か、顔に何か被せられたわ！」

あーれー！

互いに声が聞こえる距離。だが、とても丁寧な扱いとは言い難い――！

ユサユサ、ズルズルと、目隠しされた状態で運ばれるうちに、ふと空気が変わる。いつのまにか古戦場から抜けたのか――どうやら一団は鬱蒼とした密林の中へ移ったらしい。

古代竜の悔し気な咆哮が遠ざかっていくのだけは分かった。

――ゲイル、モーラ、シャリナ……無事生存。

しかし、その頃には、すでにゲイル達は目隠しだけでなく、荒々しく縄で拘束され身動きできない状態で転がされていたのだった。

ぽーいっ！　どさ、ゴロロロロ……！

「きゃあッッ！」「げふっ」「いったいなぁ！」

乱暴に転がされた後、なんだなんだと周囲を見回そうとするも、繊維の荒い袋の中では、ぼんやりと外の明かりが見える程度。こ、これは一体……？

「ふぅ……助かったわ。あやうく帰郷前に消し炭になるところだったから」

「も、申し訳ありません、まさかこんな事態になっているとは――」

少し離れた位置にギムリーの声。

「この声――……おい、ギの字！　そこにおるんか?!　こいつ等なんやねん！」

全員がダークエルフの姿を確認していた。つまり、こいつらは……。

「あらら、手荒な真似して御免なさいねぇ、ゲイルさん達。……だけど、安心してくださいね――どうやら危機は脱したようですよぉ」

いつもの口調に、固い口調が交じったような変なしゃべり方をしているのはどうやらギムリーで間違いない。……間違いないのだが、この集団は一体？　そして、ゲイル達のこの扱いは??

「あー。あはは、すみません。……とりあえず、侵入者はふん縛るのはうちの里のくせでして、てへへ」

てへへじゃねぇぇぇぇ！　知り合いだっつーなら、

「「――はやく解けぇっぇぇぇぇぇぇぇぇ!!」」

あいあーい♪

そうしてこうして、ギリギリのところでダークエルフの収容部隊に救助（？）されたゲイル達なのであった。遠くの空では、ゲイル達を見失った古代竜が怒り狂い、所かまわずブレスを吐いている様子だけが伝わってくる――。

――ギィッエッエェエエエエエエエエエエエエエン……!!

あとがき

拝啓、読者の皆様。

皆様、まずは本書をお手に取っていただきありがとうございます。また、1～2巻に引き続いて、3巻を手に取ってくだった方、ありがとうございます。本作はお楽しみいただけたでしょうか？　少しでもお楽しみいただけていれば作者として無上の喜びです。

本作は、Web版にはない、完全書下ろしです‼

2巻に続き、Webなしの書き下ろしは大変苦労しましたが、同時に原稿を仕上げた感動はまたひとしおです。それもひとえに応援してくださった皆々様のおかげであると思い、大感謝の気持ちでいっぱいです。今後ともよろしくお願いします。

さて、本作品について少し。

3巻では、ゲイルの生活基盤もやや落ち着き、2巻に登場した人物の顛末とその後の生活を描きつつ、新たなるストーリーが構築されていくところです。

具体的には、1巻の頃より少々訳ありに見えたギムリーが本性（？）を表し、ゲイルに事情

を打ち明け迫ってきます。（注：物理で）

それをすげなく躱すゲイルでしたが、ゲイルの特性を掴んでいたギムリーによってあっさりと陥落したゲイルは、ギムリーについて物語の核心になりそうな怪しげな呪具に近づいていくことになります。

それこそが魔王シリーズです。どうやら、これ――……恐ろしい呪具で魔王の名を冠する通りに、人間に害を与えまくる呪いの装備品の様子。……しかし、我らがゲイルはそんな呪いなどものともせずに、素晴らしい（？）デザインにインスピレーションを刺激され、自らのステップアップのために、魔王シリーズを求めていくことになります。

……ただし、恐ろしい呪具です。

その辺に転がっているはずもなく、この呪具のある場所は山あり海あり森あり温泉ありの珍道中！

適当（？）な案内を受けて向かった先は、恐ろしい魔物が跋扈するダークネスフォレストといういかにもラストダンジョン的な場所でしたとさ。

さて、その道中やいかに――……イカに⁇

どんな旅になるのかは、本編にてお楽しみください‼

そして、次巻が出るとすれば、今度こそ、世界の深淵に触れるがごとく、恐ろしい呪具がゲイルの前に姿を見せるでしょう。そして、ゲイル周りの人物も何やら怪しく激しく躍動をはじめ……。

おっと、それではこの辺で――物語はまだまだ始まったばかりです。ぜひとも、今後とも応援のほどよろしくお願いいします。

最後に、本書編集してくださった校正の方、編集者さま、出版社さま、そして美麗なイラストで作品に仕上げてくださいました西ノ田先生、本書を取り扱ってくださる書店の方々、そして本書を購入してくださった読者の皆様、誠にありがとうございます。御礼をもってご挨拶とさせてください。本当にありがとうございます！

敬具。


追記。


なんと、この作品。コミカライズしております!! 驚異的な売り上げぇぇぇぇ！ とのことで、原作者としては感無量です。

出版社は講談社さま。ヤンマガWeb発からとなります！

是非とも、小説、コミックともどもお手に取っていただき、ゲイルとモーラ、そしてたくさんのキャラクターの活躍を流麗なイラストとともに没頭してください。私も絶賛没頭中です！

それでは、作中の中でゲイルの活躍をぜひともご覧いただきたく思います！

コミックも小説ともども絶対に損はさせないので、お手に取っていただければ幸いです。
次巻以降でまたお会いしましょう！

読者の皆様に最大限の感謝をこめて、　吉日

『囚われの妖精王 アイナノア・ラ・アヴァリル』と出会い、
エメリア王国をその手に収め、
禁忌領域の領域主を素材とした『固有No.武装』を作り上げたソル。
そうして一切の油断もなく力を蓄えてきたソルとその仲間たちの前に、
ついに『旧支配者』たちが姿を現す。

HJ NOVELS
HJN63-03

Sランクパーティから解雇された【呪具師】 3

～『呪いのアイテム』しか作れませんが、その性能はアーティファクト級なり……！～

2023年4月19日　初版発行

著者――LA軍　イラスト――西ノ田
キャラクター原案――小川 錦

発行者―松下大介
発行所―株式会社ホビージャパン
〒151-0053
東京都渋谷区代々木2-15-8
電話　03(5304)7604（編集）
03(5304)9112（営業）

印刷所――大日本印刷株式会社

装丁――AFTERGLOW／株式会社エストール

ISBN978-4-7986-3163-9　C0076

ファンレター、作品のご感想お待ちしております
〒151－0053　東京都渋谷区代々木2－15－8
(株)ホビージャパン HJノベルス編集部 気付
LA軍 先生／西ノ田 先生